希望究竟在哪裡？希望就在我們的心裡，在我們的念想中，在我們的手裡。如同那一株看來已經枯死的玫瑰，因為我們的愛心和耐心正在綻放出無法預期的美麗。

圖片來源：Robert Mapplethorpe(1946-1989)，*Roses*，1988年，美國國家藝廊(NGA)

忿忿不平的書蟲拒絕進食「垃圾」，寧可勇敢地走向死亡。我們現代的愛書人是不是也應當透過閱讀不斷提昇我們閱讀的品味呢？

圖片來源：Diane Samuels，*Short Stories*，2001年，紐約KIM FOSTER藝廊

親愛的綠手指，種上十棵、二十棵高雅的鳶尾花吧，給我一條新的、散步的理由。
圖片來源：作者於自家門前拍攝

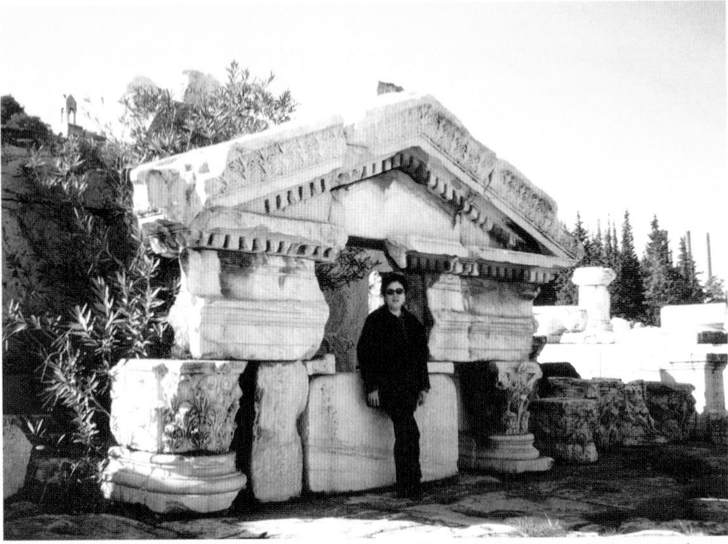

我們都想念希臘的石頭，它們一言不發，但它們和藝術家心意相通，它們懂得一切，記得一切。它們是現代文明的母語。回歸母語也許正是它們的提示。
圖片來源：作者於希臘留影

希臘之美之自尊、自愛令世人欽敬。雖然他們的文化被外族兩千年的佔領一次次割斷，雖然百分之九十的現代希臘人已經不懂古希臘文，但是他們依然毫不動搖地維護傳統文化。

圖片來源：石柱上的女孩雕像，約為西元前440年所作，希臘Thessaloniki考古學博物館藏

這一朵怒放的曇花，在盛開十四小時之後，方完全恢復到綻放前的樣子，十分地驕矜，十分地尊嚴。這是一朵不肯認命的曇花，她創造了奇跡，著實可敬。

圖片來源：作者自攝

我們馳上歸途，抵達家門的時候，夕陽正從門前大楓樹枝葉間灑下來，抬頭望去，樹頂艷紅點點。
圖片來源：作者自攝

很多人在大門上、在門前的信箱上、在房前的大樹上繫上一條又一條黃絲帶。他們的家裡很可能並沒有出征的將士，但是他們有同樣的思念、同樣的憂慮、同樣的期盼。
圖片來源：作者自攝

三民叢刊 270

玫瑰剛露尖尖角

韓秀 著

三民書局 印行

藍色星球——我們共同的鄉土（自序）

韓秀

二〇〇三年的中秋節是九月十一日。

就在這一天，我收到了新書的校稿，六十餘篇文章如同畫卷輕輕開啟。裡面的文字就好像上面這個句子，真實、淺白，乍看只是一個清楚明白的陳述，細想卻不對了，中秋節和九一一都是寓意深遠的大故事。

三百年才得一見的格外皎潔的月色，格外清朗的月輝，挾帶著東方的神祕與瑰麗，蘊含著無數守護團圓的期待。九一一卻是自二〇〇一年起，成為人類許多情感的集合體，至善與至惡的交戰、妥協，甚至在同一時間內化為塵埃，同時失去對團圓的希冀。

然而，它們重合著，中秋節這一天和九一一兩週年竟然是同一天。幸福與美滿的清輝沒有辦法拂去傷痛的陰影，此時此刻，製造傷痛者和受難者正在同歸於盡。這就是發生在藍色星球上的現實，而這裡正是我們共同的家園、我們共同的鄉土。

希望究竟在哪裡？

六十餘篇故事提供了一個參照物，希望就在我們的心裡，在我們的念想中，在我們的手裡。如同那一株看來已經枯死的玫瑰，因為我們的愛心和耐心，正在綻放出無法預期的美麗。

非黑即白、不是光明就是黑暗的時代正在遠去，我們的周遭有太多灰色、太多混沌，太多界限不清、是非不明。

六十餘篇充滿泥土氣息的故事真實而淺白地發生在我們共同的鄉土裡，它們樸實無華，它們寓意深遠，它們雲淡風清，它們驚心動魄。

九月十二日的清早，太陽還沒有昇起的時候，我奔出門去，很想再看一次那滿月。但是，天陰著，烏雲密佈，沒有西沉的滿月，也沒有朝霞。真正是一個灰色的早晨。

且慢！此言差矣，青翠的草坪、熱烈盛開的紅花，出門上學的少年們快樂的說笑聲，正在這鉛灰色的背景上有聲有色地描摹出一幅人間美景。

這鄉土風景是這樣的熟悉，在我們身邊，在我們的企盼中，帶來溫暖，帶來親和，帶來寧靜。

灰色背景上的生機盎然，格外觸目，也格外動人。

玫瑰剛露尖尖角 目次

玫瑰

剛露尖尖角

噓……小鹿在後園

在美國首都華盛頓的近郊區，到處是綠蔭深深的樹林。有些樹林被地方政府開闢成為公園，設置了步道。大人、小孩走在步道上，常常看到飛快跑過的灰兔、紅狐，有時候也會看到鹿的身影。但是，野生動物一時迷了路，離開了牠們熟悉的家園，誤闖住宅區的事情有時候也會發生。

一個春日的下午，我正坐在書桌前給朋友寫信，偶然抬頭望向窗外，在我家後園的草地上站著三隻小鹿！牠們可不是卡通片裡的「小鹿斑比」，牠們是真的鹿，年輕的「三姐妹」。牠們站在那裡，豎起耳朵，仔細聽著四外的動靜。我靜靜看著牠們，這才發現，其中一隻小鹿的一條前腿受了傷，舉步維艱，牠不時地舉起傷腿，又沉重地放下，看起來相當痛苦。另外的兩隻小鹿一邊警惕著周圍的情形，一邊輕輕用頭摩挲著牠，想來是在安慰和鼓勵受了傷的姐妹。

我一動也不敢動，緊張到了極點。

這個時間是下午四點鐘，孩子們都已經放學回家。周圍幾家鄰居也都養了大大小小的獵犬。最要命的是家家房檐下又都掛著長長短短的風鈴。如果這時候出現一點點響動，如果微風吹響了風鈴，如果狗兒們忽然大叫起來，如果孩子們奔跑、遊戲途中看到小鹿而歡呼起來，小鹿們立時就會驚慌奔逃。從我家後園到街上只有五十公尺距離，哪怕街上只有一輛小汽車緩緩駛過，也很容易發生意外。更何況三隻小鹿中間還有一位傷者。

忽然，有兩個孩子的身影遠遠地從一棟房子的後面出現，他們身邊還有一條蘇格蘭獵犬！幸好他們只是靜悄悄地露了一下面，一閃就不見了。

萬籟俱寂，小鹿們繼續緊張地注視著四外的動靜。牠們輕輕地走動著，似乎在辨別方向，尋找著回家的路。

萬籟俱寂，連春風也停在高高的樹梢上屏息不動。

好不容易等到夕陽西下，小鹿們這才確信周圍是安全的，陸續輕輕舉步，向外移動。兩隻小鹿把傷者夾在當中，左顧右盼著，悄悄地離去。

待牠們完全消失不見，我又等了十來分鐘，這才趕出門去一探究竟。

空無一人、寂靜無聲的街道上插著一個又一個大大的紙牌子，童稚的字體寫著「噓……小鹿在後園！」原來是孩子們刻意地維護了這個社區的絕對安靜，給了小鹿們從容離去的機會。

「保護野生動物」的理念早已不只是口號，已經是有效的行動了。

似曾相識

「狼夾子」(Wolf Trop) 國家公園在整個美國是獨一無二的。這裡是國家公園，屬於全民所有，這裡又有巨型的劇場，劇場的大部分在室內，非常宏偉，劇場外圍有露天的觀眾席，人們在夏夜裡可以在草地上鋪上一條毯子，「席地而坐」，看節目的同時還可以喝冷飲、吃點心。每年四月到九月，這個大劇場每天吸引無數觀眾前來欣賞各種文藝演出。除此之外，在公園園區內有許多設施給在這裡度週末的人們提供漫步、烤肉、野餐、聚會、遊戲的種種便利。

這個集演出場地與公園於一身的好地方，就在美國東岸北維州維也納小鎮的西部，本來是「狼夾子」農場。農場主人將這個巨大的產業送給國家的時候只有一個條件：要有劇場，要把表演藝術帶到這個地區來，為表演藝術家提供舞臺，同時嘉惠熱愛表演藝術的老百姓。政府欣然從命，「狼夾子」國家公園於焉誕生。

北維州的冬天可不暖和。從十月到來年三月，整整半年時間，半露天的大劇場沒辦法保暖。於是「狼夾子」的演出活動就在一個小一點的全室內的劇場進行。小劇場距離大劇場不遠，仍然在國家公園的版圖以內。

這個小巧、別致的劇場叫做「穀倉」(The Barns)。它是民歌手們的最愛，也是民間音樂的集散地。電視臺和廣播電臺都喜歡來這裡錄製民間音樂節目。熱心的聽眾們也來這裡聽音樂、買音色最棒的CD、和他們喜愛的民歌手們談天說地。

「穀倉」的建築形式非常樸實，完全是把原來位於紐約州北部鄉間的幾個真正的穀倉一片片拆下來，運到了位於維吉尼亞州的「狼夾子」，再用十八世紀蓋穀倉的傳統技藝重建，古意盎然，成為美國真正的鄉土劇場。

這就是為什麼人們會覺得這個場所份外溫馨、親切。

有一天，極為著名的愛爾蘭民間樂團 Solas 遠渡重洋，初次來到「穀倉」獻藝。歌手們站在舞臺上，環視古拙的木結構劇場，看著刀錛斧鑿在橫梁和立柱上留下的痕跡，忍不住撥響吉他，高聲讚嘆：「這似曾相識的感覺多麼美好！」坐在木質觀眾席上的觀眾們摩挲著身邊木柱的粗糙紋理，感覺著自然的樸實無華，心花怒放，對歌手們報以歡呼。

歡聲笑語終年不歇的「狼夾子」徹底實現了那可敬的農場主人的美麗夢想。

玫瑰剛露尖尖角

當初住在希臘的時候，園裡的玫瑰終年怒放，奼紫嫣紅，生機勃勃，和希臘的碧海藍天一樣令人難忘。一九九九年我們回到了氣候比較寒冷、四季分明的美國東部，就在後園裡建了一個「花床」，種了六株玫瑰。它們都是三年以上的「老株」，據花圃裡的老師傅說，這些玫瑰比幼株容易適應新環境。果不其然，勤施肥、勤澆水之後，其中的五株在第二年夏天，小心翼翼地開出色彩繽紛的花來，香氣襲人。

花床正當中的一株玫瑰先是無精打采地生出一些小葉子，很快就枯黃掉落了，然後就生氣全無地呆立著，枝椏上只有灰白色的刺咄咄逼人地挺立，整株玫瑰已經完全沒有了生命的跡象。大家都說這一株恐怕是不行了，那是前年的事。

去年，生機盎然的五株玫瑰又開出了漂亮的花，花形豐滿，一副喜氣洋洋的模樣。

相比之下，正當中那一株「枯木」更加刺眼。我卻依然不肯放棄，一視同仁地澆水施肥。大家都搖頭，說我白白耽誤了功夫，我只好在那株沒有動靜的玫瑰周圍種了些長長的薰衣草，把它「蓋」住一點，免得大家老是拿它作話題。四外無人的時候，我給它「吃小灶」，鬆土、施肥、澆水。玫瑰喜歡乾爽，喝飽了之後可不願意泡在水裡。我特別為它挖了小小一條排水溝，讓它舒舒服服養精蓄銳。

在一個長長的暖冬以後，我們迎來了一個寒冷的早春，花木剛剛畏畏縮縮地綻出又小又尖的綠葉。我仔細看著那株兩年來沒有任何動靜的玫瑰，在一根又粗又硬的刺下面，竟然綻出一丁點紅色，幾天以後，紅色漸大，露出深紅色的尖尖角，那深紅色將是一片嫩葉的邊緣！我欣喜萬分地瞧著這美麗、幼嫩的尖尖角，忍不住讚嘆出聲，多麼好啊！大自然又一次展示其無邊的魅力，而我們需要的只不過是一點點耐心而已。

小小一個車站

這個車站可真小，它座落在維也納鎮中心，教堂街的一側。月臺和一節車廂以及車輪下面的一段鐵軌就是車站的全部設備。噢，當然，鐵軌兩頭都立著「停止」的警示標桿，提醒人們「火車來了，注意安全！」月臺上終年擺放著鮮花盆栽，車廂和鐵軌都擦拭得亮晶晶，連那兩個警示牌都油漆一新。無論什麼樣的天氣，這個小火車站都無比亮麗地守候在那裡。每一個路過此地的人都能夠想像維也納人是多麼寶愛這個歷史的陳蹟。

教堂街另一側有一個小小的博物館，叫做「自由人博物館」。和小火車站一樣，這個紅瓦白牆的博物館也是這小鎮的重要歷史地標之一。裡邊的文字和圖片記述了小鎮維也納三百多年的歷史，其中也有大大的一塊圖版記錄了小火車站當年的輝煌。

大家都知道，火車在二十世紀的前五十年擔當了運輸的重責大任，第二次世界大戰以後才漸漸被汽車和飛機分擔了這個吃重的角色。在美國東部北維州的這個小站，也是在上個世紀五十年代慢慢棄置不用以後，才變成了一座有紀念意義的地標。早先，客車、貨車在這裡穿梭行駛，小火車站忙碌非凡。可是，那並不是大家珍惜它的主要原因。我們珍惜這個小站，因為它提醒我們，維也納鎮在第二次世界大戰中有令人尊敬的表現。

當年小鎮居民有一半是德裔移民，其中很多年輕人生在這裡、長在這裡，沒有去過歐洲，從來沒有踏上過祖先居住的土地。美國參戰之後，這些德裔的後代奮不顧身地進入軍隊，加入抵抗納粹德國、解放歐洲的戰鬥行列。他們就是在這個小站開始他們的征程的。他們當中很多人沒有能夠再返回此地，他們長眠在傷痕累累的歐洲土地上。另外，這個小站也接納了許多從納粹的屠刀下逃出生天的猶太人，其中許多是兒童。這些衣著破爛、面黃肌瘦、飽受驚嚇的孩子們就從這個小站開始了他們的新生活，而撫養這些戰爭孤兒的家庭正是德裔居民……

我常常坐在那小小的月臺上，想著小鎮上的人們為了正義與和平所作出的奉獻，我的眼前不斷出現那些感人的畫面，小小的火車站正是那不可或缺的背景之一。

在每年五月，納粹投降的日子，我和小鎮的居民一樣，在那整潔如新的月臺上放一盆親手培植的盆栽，同時獻上我的懷想和敬意。

已知與未知

一夕之間，華府西郊的「維也納」小鎮又一次成為大家聊天時的話題；每天的《華盛頓郵報》圖文並茂地詳述小鎮公園等處的地理位置，因為就在這小鎮西邊的社區裡，「冒出」了一個間諜，他在美國政府任職，卻把情報轉往俄國。他住的地方離我的家只有兩條街口，報上標示的那些地點也正是我午後散步的地點，朋友們見面時，常打趣說：妳的鄰居是間諜。說說笑笑而已，並沒有憤怒。

大家怕我不自在，還特別開導我：自從人類有利益衝突以來，就有「間諜」這一行出現，也應該算作人類最古老的職業之一了。與任何行當一樣，從業人員自然也有十分敬業和不甚敬業之分，有高下之分、優劣之分。「〇〇七」那種又帥又酷的，自然只在電影裡出現。我的鄰居不過是一個其貌不揚的中年男子，有一位妻子和六個孩子，收入不豐又沒有「窮則思變」的智慧，不懂得投資股票，或乾脆放棄政府工作去私人公司上班謀取高一些的薪給，竟然走了一條出賣手中資料的路，而且一走就是十五年，造成的損害至今仍在徹查中，尚未見到全部底蘊。

我稍稍有些訝異，住在「維也納」小鎮的人，似乎沒有人有任何興趣談到這件事，間諜的近鄰們斷然表示和此人完全沒有來往，而且「那傢伙看起來並不友善」。在城市近郊，請鄰居來家裡喝一杯咖啡都不容易，為了避免回請，他（她）們總是十分客氣地婉拒邀約。近鄰們沒有往來還是普遍存在。我在散步途中遇到的芳鄰中尚有一兩位可在街頭巷尾聊聊的，我試圖引出這個話題，聽聽他們的反應。

雪後初晴的日子，我不期然和一位老先生並肩在街頭散步，老人帶著濃厚的德語口音，因為他在歐洲的維也納度過了大半生，這位植物學家上了年紀才回到老家，一個也叫作「維也納」的美東小鎮。老人健談，由天氣而談到對植被的影響，完全是專家的口吻。我們慢慢走，終於到了那「間諜」門口。大門自然是緊閉的。「您認識他吧？」我隨隨便便地提問。老人微笑了，「當然，那人很喜歡弄各種名目的派對，他的孩子們小的時候，生日派對一年就有六次，鄰居的孩子們都在他家院子裡玩得很開心。孩子們長大了，他和他太太動不動就烤肉啊，品酒啊，找出名目來『睦鄰』，那是個不甘寂寞的人。」

「踏上這麼一條險路，不甘寂寞怎麼行呢?」我大惑不解。

老人偏頭想了一下，笑了，「妳是說，那傢伙在那一行裡大概算不了什麼，是不是?」

我沒有回答，老人卻無所謂，「這一行，只有已知和未知兩種，弄到眾人皆知早已一敗塗地，哪裡還有什麼趣味?他那點事情很快就一清二楚了。這一行裡的偉人是把祕密帶往另外一個世界的人，他們平常又平常，他們在寂寞中恬然自得，他們在歷史進程中舉足輕重，但無人知道他們，沒有片紙隻語的紀錄。他們永遠是未知數，多麼有趣呢?!」

老人溫和地笑著，那時候，我們正走進那個天天上報的小公園，在這裡曾有過傷及國家安全的交易。眼下，只有幾隻松鼠在枝椏間跳躍而已。雪後初晴，靜謐、祥和。

書蟲的自尊

現代西方人說到某某人是書蟲(Book Worm)的時候，我們真不知道說話的人是褒還是貶。因為「書蟲」有兩種解釋，一是說此人是位愛書人，大部分時間用來讀書，這自然是好意。另外一種解釋就是說此人只是書呆子而已，尤其喜歡讀小說，讀的過程又多半是囫圇吞棗、不求甚解。那當然充滿了貶意，並沒有讚美的意思了。更嚴重的，說人家是書蟲竟然是指責那人讀書不懂選擇，無論好書壞書都亂啃一氣，裝了一肚子垃圾。那當然是很嚴重的批評。

其實這種批評對真正的書蟲來說實在是很不公平。要知道，世界上真的有一種小動物，牠們真的吃書，牠們是真正的書蟲，牠們是古版書的大敵，稍微研究一下牠們的生活習性，對我們這些現代人來講，是很有意思的一件事。

十九世紀末，英國著名的藏書家、學者布列地斯在一本叫做《書的敵人》的小冊子裡告訴我們一些有趣的經驗。據他和一些昆蟲專家的觀察和研究，書蟲（蠹魚）沒有腳，牠們和蚯蚓一樣爬行，牠們又比蚯蚓小得多也柔弱得多。牠們在古版書裡吃出洞來，然後牠們在黑暗中沿著洞壁緩緩前進，沉默寡言地、快快樂樂地將那些珍貴無比的古籍徹底摧毀。布列地斯他們不止一次捧著被破壞殆盡的珍版書，心碎不已。

我們這些現代人已經沒有機會看到那瘋狂而頑強的破壞者了。為什麼？因為「好吃的書」已經沒有了！逃過各種浩劫，書蟲、火災、水災、鼠患、革命、戰爭、無知者的輕忽、「藏書家」的撕擄，而能夠存留至今的古書實在是太少太少了。因為它們價值連城，而得到了層層保護，書蟲們吃不到了！新的印刷品裡充滿了漂白粉和其他化學物質，一點兒也不好吃，書蟲們寧可餓死也不肯吃現代印刷品。書蟲們在新環境中就這樣自然地消失了。

布列地斯和他的朋友們作過實驗，一條來自歐洲古老藏書樓、「滿腹經綸」的蠹魚被放置到一個乾燥、明亮、通風良好的紙盒裡，周圍堆滿了「暢銷書」的碎片，要不了多久，那條書蟲就一病不起，然後迅速而堅決地告別了這個世界。究其原因，首先當然是書蟲的生活環境天翻地覆，牠實在是受不了。牠沒有腳，牠得靠書中的空洞來支撐自己的身體，現在身邊佈滿了「食物」，牠卻吃不到。更重要的是，這「食物」實在難以下嚥！十五、十六世紀的古籍是純自然的纖維，那才是真正的美味！忿忿不平的書蟲拒絕進食現代紙張和印刷品，絕對不肯進食「垃圾」，寧可勇敢地走向死亡。布列地斯稱之為「書蟲的自尊」。

蠹魚拒絕的只是紙張的質地而不是書籍裡面所盛載的內容。我們現代的愛書人是不是也應當透過閱讀不斷提昇我們閱讀的品味呢？發現好書，多讀好書，也許可以成為我們這些自尊、自愛的現代書蟲的生活方式吧！書的內容，畢竟是有高、下之分，優、劣之別的。不是嗎？

散步的理由

信箱裡出現了一個巨大的信封，柔和的雲紋紙，圓潤的花體字，在陽光下細看，不是雷射印刷而是墨水！頓時感動莫名，拆開細看。

「世間有艾美獎、奧斯卡獎、普立茲獎、諾貝爾獎。它們都是桂冠，都是最高榮譽，都是肯定，肯定獲獎者帶給人類美好、理想和新希望。美國鳶尾花協會頒發的這一個獎項同樣是桂冠，同樣是最高榮譽，同樣是肯定，肯定獲獎人帶給人世間的美好、理想和新希望。這個獎頒給『綠手指』，經過近兩年的觀察，我們找到了妳，我們給妳種植世界上最美麗的鳶尾花的權力，它們是最優秀的得獎品種。妳的社區、妳居住的維州小城維也納，絕對沒有第二個人獲此殊榮……」

「咳！」身邊一陣輕嗽，蹓狗的老人正站在人行道上笑著，他身邊一條蘇格蘭牧羊犬友好地看著我。「是鳶尾花獎？」

「我在想，大概是園藝公司的促銷廣告，他們只是要我買他們的鳶尾花種而已。」我笑答。

「在我的人生經驗裡，整整五十年前，我的前女友的母親得到過這個獎，她們住在寒冷的羅得島，房前屋後卻美不勝收。妳是我有幸遇到的第二位獲獎者。」老人摘下帽子，點頭為禮，春風拂亂了他雪白的髮絲。

我大為詫異：「他們怎會選中我？」老人說：「我住在這個社區的另一頭，散步到這裡，並不算近，但是一年來，我每天看著妳的房子年輕起來，妳的園子復甦了，妳的草坪終於晶瑩如翡翠。鳶尾花協會的人想必也都看到了。」

「房子租出去三年，沒有人照料，園子都荒了。」我抱歉著。「妳讓這園子起死回生了。」老人指點著。「這些鬱金香，多麼英俊，那一株木蘭開得多麼嫵媚！整條街上這是第一株盛開的木蘭。連山茱萸都已經含苞待放了！再瞧瞧妳的小小玫瑰園，早春時節妳種下的不過是幼株而已，瞧她們已掛上綠葉，今夏將有怎樣的盛景？」我回答：「有大紅、粉紅、橘黃、雪白以及淺薄荷色五個品種。」老人臉上的笑容真誠而幸福：「看，那是血腥瑪麗吧？已經開花了！鮮紅欲滴！」我回答：「去年只是一株小苗，掛了些綠葉而已，今年早早就開花了。」老人揚聲問道：「妳怎麼伺弄她們度過如此漫長的嚴冬？」

「社區為松樹剪枝，到處都是鋸末，我把它們收集一下，培在花木根部，那東西又保暖又有營養，而且很『酸』，花木都很喜歡。」我回答：「不過是廢物利用而已。」

「我天天散步，走過好幾條街，不少園子井井有條，一看便知是園藝公司的傑作，充滿了匠氣。走到妳這裡，我總是精神一振，多麼靈秀的園子，生機勃勃。」

「春末夏初會更美，歡迎您來坐坐，我種了荷蘭象耳葉，在楓樹下面會成為一幅畫，會很美。」我誠懇地邀約。

「親愛的綠手指，種上十棵、二十棵高雅的鳶尾花吧，給我一條新的、散步的理由。」老人捧著帽子，一鞠躬。

每天二、三十分鐘的園藝活動會帶給老人那麼多的喜悅和期待，我決定接受鳶尾花協會頒給我的這個獎。

芳鄰

從我家一樓憑窗下望，碧草如茵。後院的邊界種著一排八棵高大的松樹，樹齡都在二十年以上，長長的枝椏披掛到地面，隨風舞動，猶如舞者飛揚的裙裾，煞是好看。

松樹雖然是四季長綠的樹木，但是每年深秋也會遵循新陳代謝的自然規律，飄落大量的「枯葉」。那棕黃色、數吋長的「尖針」細細密密地飄灑在草地上，因為它們的酸性非常高，就成了草地的殺手。這就是為什麼松樹腳下通常會寸草不生。即便將那些尖針清理乾淨，松樹周圍的土壤也酸得可怕，小草們也很難在那裡安家。

改善的辦法就是給大松樹打枝，從地面到六、七英尺高度的樹枝全部齊齊修去，陽光就可以一直照射到樹幹底部，雨水也不會再被過多的枝椏擋住，松樹的日子會過得更健康、更快樂。更妙的就是，充足的陽光和水分將大大有利於綠地的恢復，我有希望從松樹腳下收復六百平方英尺的「失地」，多麼令人嚮往！

但是，多年來，我只能望樹興嘆，而不能採取任何行動。因為我家房子建築在高坡上，後街鄰居的房子建在坡下，我家一樓和他家二樓等高。如果將那八棵松樹修得亭亭玉立，鄰居在他家後園的活動將「盡收眼底」，連他家寬敞、明亮的花房也將一覽無遺。那可是會嚴重損害鄰居的隱私權，我決不能輕舉妄動，寧可忍受松樹的落葉一寸寸地蠶食我那碧綠的後園。

在美國，家家戶戶視尊重他人隱私為道德，大家也都認為個人的隱私不容侵犯，所以很多住宅周圍建起圍牆，或者種植參天大樹，近鄰之間只聽狗叫，多年不相往來是很平常的事。

四月的一天，風兒拂動樹梢，波浪般舞動著的樹枝又灑下一些去年秋天沒有落盡的枯葉，我拿了工具辛辛苦苦地在長長的樹枝中間鑽進鑽出，費力地清掃那些枯枝敗葉。猛地發現一位相當健朗的老人正雙手抱胸站在鄰居家的草地上笑瞇瞇地瞧著我。我趕緊先看看我自己有沒有「越界」，看見自己的兩隻腳都在自家地盤上，這才放下心，禮貌地問個好。

老人開門見山告訴我，他本人和他太太就是我的鄰居，他手一揚，指著身後的房子，「我們就住在那兒，和你們隔著這一排樹。」

我笑笑，「樹很漂亮。」

老人也笑，「只不過，我們兩家的草地可是一年比一年小了。」

我的心砰砰直跳，難道老人和我一樣也想修樹嗎？急切之中，我沒忘記提醒他，「對不起，我們的房子比較高……」老人不等我說完就大笑著回答，「看樣子，妳不像是對鄰居的生活有興趣嘛！去找把鋸吧，咱們兩個聯手，鋸掉這些勞什子，讓這些樹長長精神！」我自然是快樂地飛奔而去。老人和我工作了一個下午，整個環境就大大地改觀了。

現在，每天清早，燦爛的陽光從我家上方照射進老人的後園；每天下午，夕照又從老人那邊灑進我家後園。下雨的日子可以清清楚楚地看見雨水正澆灌著兩家的草地，草葉掛著雨滴，一派心滿意足的幸福模樣。兩家的「邊界」也一天天地被嫩綠的小草模糊掉了。我的家和老人的家終於成了真正的「芳鄰」。

對峙

時序進入晚春，北維州的氣溫十二分宜人，一個午後，我正在後園楓樹下為紫羅蘭鬆土。去年冬天，在樹下培了不少松樹屑，那東西是酸性的，弄得樹下的腐植土結成了塊，得花些時間、力氣把它搗碎才成。眼前如同火光一閃，吃一驚，抬頭看，離我不到三呎遠，蹲著一隻毛色火紅的狐狸，頭頂和脖子上兩條雪白的毛。狐狸定神瞧著我，我也瞧著牠，這隻狐狸年輕而美麗，眼睛很大，目光柔和，牠無聲地跑近我，面對面瞧著我。我輕輕放下手中小小花鋤，靜靜望著牠。四目交接，傳遞了平安的訊息，狐狸的大尾巴輕搖，踩著矯健的步子，靜靜地、快速地離去了。最後的火光在我家迎春花叢裡閃了一閃，熄滅了。

在我家後園和近鄰後園之間有兩排樹，橡樹和松樹，樹齡已超過了三十年，高大挺拔。透過枝椏的空隙，我看到了鄰居那條英武的英格蘭獵犬。牠立在鄰居後園中，面色嚴肅地望著我。早先，鄰居曾告訴我，他們在後牆上安裝了一種設備，會放射出一種聲波，當獵犬跑近他們後園邊界的時候，聲波會強烈刺激獵犬的耳膜，提醒牠「不可越界」。所以，「獵犬絕不會跑進妳家後園，驚擾妳的安寧。」鄰居好心告訴我。

獵犬因為人為的不可見的藩籬而不能追捕狐狸，狐狸跑近我，確定我並非危險因素，於是確定我家後園是個相當安全的所在。狐狸是極為聰明的，我相信，牠正在苦苦思索，何以獵犬一接近大橡樹，就馬上停下腳步，只是焦躁地踏著步子，並沒有飛身撲過來。大橡樹或這兩排樹莫非有什麼魔力不成？隔著不到二十呎的距離，狐狸和獵犬對峙著。獵犬想必也是十分的納悶，何以一接近那幾棵樹，就耳鳴眼花、頭痛欲裂？那紅毛狐狸近在眼前，而自己竟沒有法子撲上前去？真是怪哉。

常常出沒於小小林帶之間，在各家後園尋尋覓覓的野兔完全沒有想到，火光一閃之際，牠們圓滾滾的身體就變成了可口的晚餐。只有獵犬沉沉地低吼了一聲。

夕陽西下，我走向迎春花叢前面的曬衣架，從繩索上把晾曬半日，乾爽爽、香噴噴的床單、枕套收下來，低頭一看，一隻較為年長的狐狸蹲坐在一邊，巨大的尾巴柔柔地垂在草地上，牠的目光平和而端莊，一副承擔著重責大任的模樣。我端起衣籃回房，狐狸悄沒聲地轉身，面向鄰居後園。果然，獵犬正在那邊目光炯炯地踏著步。當夜幕降臨之後，相信那對峙將更為嚴峻。獵犬只是「忠於職守」，狐狸卻是在守望著自己家小的身家性命。對峙的雙方卻又都對兩造之間的藩籬不明所以。

我喃喃禱告：「千萬不能停電。」電一停，那牆上的設備不再有效，獵犬必然猛撲過來，狐狸一家的安危就令人憂慮了。

清晨，獵犬大聲咆哮，鄰居抱歉說：「一隻野兔跑過，牠就叫成這樣，鬧得四鄰不安！」我知道，獵犬正在向野兔示警。我的目光掃向迎春花叢，那裡一片翠綠，並不見火光閃爍。良久，獵犬才安靜下來。

吾道不孤

我的朋友茱蒂今年三月告訴我，她要參加五月舉行的「為抗癌而走」的活動。她將和兩千多位女子一起從巴爾地摩市徒步、揹著簡單的行李走三天，晚上，就住在主辦機構AVON為她們預備的小帳篷裡。三天之後她們應當順利抵達華盛頓市。她們要用這個行動來募款，所得到的每一分錢都將用於癌症研究或者直接用來幫助癌症病人，幫助他們戰勝病魔。

茱蒂並不年輕，她二十年前因為癌症而接受手術治療。康復以後，她四處奔走，和許多癌症康復者一起，為正在和病魔纏鬥的人們籌錢找藥，提供物質和精神的援助。這種每年一次的長途健行活動只是她緊湊的時間表裡面的一個項目。

今年是她第三次參加，前兩次她的健康情形還不錯，去年下半年，她的膝蓋受損，痛苦不堪。六十英里的長途跋涉絕對不是輕鬆的事。我很想勸她放棄，可是看見她明亮的藍眼睛裡那種勇往直前的眼神，我就說不出口了。

「別為我擔心，在我的圓領衫上寫一句勉勵的話吧，我要穿著它走進市區，走到終點哩！」

她展開一件雪白的圓領衫，上面已經有不少支持者用五彩繽紛的筆觸寫下了許多熱情洋溢的英文句子。

我選了一枝紫色的筆，在圓領衫的正中，端端正正直書四個大字「吾道不孤」。茱蒂笑問：「這是什麼意思？」我想了想，給了她一個最簡潔的解釋：「妳不是單打獨鬥，我們大家和妳走在一起。」

「四個中國字能夠表達那麼深切的意念。」茱蒂的眼睛裡盈滿了淚水。

五月到了，茱蒂帶著大家的祝福踏上征途。今年的春天相當寒冷，頭一個夜晚，健行的人們發現小帳篷裡面結了冰。第二個夜晚卻是冷雨飄潑、寒風襲人。我們為茱蒂憂心不已，這種天候絕對不利於她的傷腿。

第三天下午，茱蒂卻笑呵呵地出現在終點線上。她一瘸一拐地走向我們，被汗水濕透的圓領衫上，「吾道不孤」四個字格外亮麗搶眼。她興奮地告訴大家，這次活動募得六百七十五萬美元，將在第一時間分到各個腫瘤醫院。她又特別告訴我，健行途中，很多東方人向她伸出大拇指，熱情鼓勵她，甚至有人送香噴噴的茶水給她，「這麼多人懂中文，太令人興奮了。」她雀躍不已。

「那還用說，全世界四分之一的人口講中文。妳不知道嗎？」我也大笑了。

大橡樹

奔波於國內、國外，已經有足足六年沒有回去看看我們從前住過的社區了。一天，很偶然的，正好路過那附近，就彎過去瞧瞧，很希望那社區依然美麗。

幾十戶人家的房子原來座落在一個小樹林附近，整個社區的後面有寬闊的草坪，所以那些房子就像一粒粒珍珠鑲嵌在綠絲絨的背景上，非常可愛。對於社區裡所有的鄰居來講，那小樹林非常重要，它隔斷了來自交通繁忙的大馬路上的各種噪音和污染，帶給我們大家寧靜和新鮮空氣。

小樹林雖然不大，但是在當地卻大大有名，在許多幼嫩的小橡樹的簇擁之中挺立著一棵樹齡超過兩百年的大橡樹，樹的綠蔭下是孩子們最喜歡的樂園。父母們在粗壯的樹幹上懸掛了大大小小的鞦韆、在草地上安置了結實的滑梯和翹翹板。孩子們相約去「大橡樹」玩，父母們都很放心，那安詳的大樹好像是孩子們的守護神。就連哭鬧不休的寶寶聽到橡樹葉兒沙沙響，也很快就甜甜地睡著了。

這寧靜而快樂的日子在八十年代末遇到了極大的威脅，小樹林的地產由一位從未謀面的老先生賣給了一個建築公司，那公司準備把小樹林砍伐掉，在那塊土地上蓋一個辦公大樓。

社區裡的每一個家庭都積極地投入了「大橡樹保衛戰」，大家寫信、打電話給地方政府和法院，強調一棵兩百多歲的大橡樹是非常珍貴的，不可以任意砍伐。政府的調查工作旋即展開。在無數的磋商之後，建築公司在九十年代初決定採取部分妥協的辦法，他們縮小大樓的規模，決定將大樓蓋到大橡樹腳下為止。鄰居們繼續抗爭，因為建築一座大樓必定會傷害大樹的根系。植物學家們都站在我們一邊，提出了強有力的根據反對任何的興建工程。

「保衛戰」進行到第十個年頭，建築公司一步步地將幼樹伐盡，大橡樹孤伶伶地站在大馬路和社區之間。住在這裡將近三十年的鄰居們終於聽到了馬路上汽車的喧囂，聞到了廢氣的味道。建築公司發現鞦韆、滑梯和翹翹板都失去了屏障，暴露在大路邊，感覺到闖了禍，悄悄離去了……

我們雖然搬離了那個社區，卻一直惦記著，不知這場持久戰結局如何。這次回去才看到，大橡樹不見了！一個建築工程正在展開。鄰居告訴我們，大樹病了，病得站立不穩，建築公司捲土重來，「保衛戰」宣告結束。他說，「建築公司答應為社區蓋一個小型的兒童遊樂園，名字就叫『大橡樹』，作為補償。」他苦笑著，「我們的孩子們卻不能在真正的大橡樹的綠蔭下長大了。」

我看到了社區的老房子，它們失去了綠色的背景，不再那麼怡人。鄰居黯然神傷，「我們的保衛戰不夠徹底，對不起大橡樹。」

我也看到了一排幼樹像一排士兵站在路邊。我注意到，它們是橡樹。

抽屜裡的《查令十字路84號》

好不容易，常常用「伊媚兒」說事情的朋友出差了，公務旅行途中當然是公事要緊，朋友之間通消息不再「緊急」，我的電子信箱忽然安靜了下來。

趁著大好機會，我趕快鋪開信紙，痛快淋漓地寫了一封長達四頁的信。第二天想到還有些該說的事情沒有說清楚，該傳達的心情沒有表達徹底，該關心的人或事還沒有殷殷相詢，於是好整以暇，再寫一封信，貼了典雅的封緘貼紙，直送郵局，這才感覺是真的、好好的和友人長談了一次。

其實，這位朋友是藝術家，是一位喜歡寫信，非常善於用文字敘事、抒情的文字工作者，在他專屬的信夾裡保存著上百封的親筆信。但是近兩年來，工作太過忙碌、日程太過緊湊，電腦所能夠帶來的便利自然漸漸取代了朋友那漂亮的信箋，那漂亮的筆跡。

這麼一來，我們之間，每一個電腦當機的日子、每一個停電的日子、每一個「伊媚兒」瞬間飄飛的日子都變成了節日。在這些並不常見的日子裡，我遠離電腦，選擇心儀的紙、筆，在一張遠離現代科技的書桌上，在燈光、日光或燭光下寫一些情意深長的信，端正書寫收信人的地址，然後付郵。信已經乘風飛去了，信中那些溫暖、動人的句子卻常常在心裡迴旋，拉近了和友人之間的時空距離。所以，當文友們相聚聊天，有人問我，最喜歡的文章體裁是哪一種的時候，我會不假思索地回答：「書信體。」

二〇〇二年早春，臺北國際書展期間，一本薄薄的小書《查令十字路84號》中文版面世，引起廣泛回響。這本書正是由書信編織成的，記錄了一位熱情的紐約女作家和一些文質彬彬的倫敦古董書商之間長達二十年的「商務往來」。在那「供求」之中，洋溢著的卻是誠摯的友情、關心、愛護。更深一層，則是雙方對好書的熱愛、對書品的追求與欣賞。

一位勤勉、誠懇的臺北出版社主編跟我說，《查令十字路84號》是那樣的溫馨感人，可不知當代作家能不能為我們寫一本這樣的書呢？

我笑答：這本書恐怕已經在出版社編輯的抽屜裡了，而且不需要經過翻譯。重點只是你們有沒有留信的習慣呢？

待我返回美國，回到我自己的書房，打開文件櫃，一個一個或薄或厚的信夾、一只一只整齊疊放的信匣裡，滿載著友人的心境和思考，其中不乏迷人的「古典」小品。許多早已超過二十年，更多直逼三十年。這是我的《查令十字路84號》，韻味十足、溫婉萬分，而且永不褪色。

室雅何須大

世紀交替，華府政治權力轉移，送舊迎新活動頻仍，年底之前，參議員希拉蕊・柯林頓在華府購買價值數百萬美元宅邸引發操守委員會關注的事，在一些派對上如同黑色的蝴蝶，惹人心煩地飛舞著。

柯林頓的三口之家離開白宮的時候，許多巨額的訴訟費用是必須支付的。為了成為紐約州的居民而競選國會議員，他們在紐約州已置豪宅。因為柯林頓夫人競選成功，進入國會山莊，在華府需要一個落腳的地方，本來沒有什麼可議論的。但是近二百萬的房子沒有中選，作風新派的希拉蕊購置了更昂貴的房子，自然引起人們側目。

錢從哪裡來？總統年薪不過二十萬。長期纏訟也不是便宜的事情。人們自然會想到書商出價八百萬的那本希拉蕊的新書，有關白宮歲月及其他。這本書何以值八百萬？自然是其中有些鮮為人知的祕辛。

於是，牽涉到倫理。前總統尼克森、甘迺迪都牽涉到許多尷尬事，但他們的親人並沒有用這些尷尬事去賺錢。也許，時代已經不同，只求成功，不考慮手段的女強人的作風自然是另一個章法。但是，看在許多「忠黨愛國」的支持者眼裡，卻也並非樂事。

資深政務官、民主黨大將L先生近來正陷入這種苦惱之中，他發現自己幾乎再也沒有力量維護第一家庭的形象。正當他準備在權力轉移過程中離去的時候，新政府卻熱情地挽留他，且託付他更為重大的責任，更多的決定權，以及更好的待遇。無他，只因為此公經驗豐富，能力高強。感動之餘，多少有些不安。為了打消他的不安，許多派對的主持人都邀請他參加活動，他成了一位「承前啟後」的關鍵人物，我們常常見面。

外國人卻不打算放過他，一位歐洲某國駐聯合國代表在一個寧靜的酒會上公開徵求L先生對希拉蕊參議員購屋行動的意見。L先生處於兩難的境地，他是一位自我期許甚高的人，一向循規蹈矩。那時候，我們正好站在一個小室之內，牆上的油畫卻是晨曦照耀下的聖彼得堡。我悠悠地說：「中國人有一句話：『室雅何須大，花香不在多。』那不僅是品味與修養，也是智慧。很難要求每一個人都有這種層次。」

L先生含笑點頭，那歐洲人也乘機轉移話題。事實上，富甲四方的歐洲人正是因其祖傳的品味和教養而自傲著，不甚看得上某些人的暴發戶心態。

L先生和我都很明白，可敬的希拉蕊參議員並不具備這種智慧，但她進入了國會山莊，仍然處在輿論的監督之下，出格並不容易。何況國會山上，富人多著，卻沒有人張狂；作為人民的代言人，操守更是重要，新科參議員有的是學習與借鑑的機會。

令人欣慰的，我們有了一個中規中矩的第一家庭，有了一位聰慧、賢淑而儉樸的第一夫人。白宮仍會回到它一貫的受人尊敬的地位。

L先生將不再尷尬，他將不再因為國家元首的操守而蒙羞。我誠懇地向他舉杯：

「新年，新氣象。」

來自遠方的浮雕

鄰家的「蜘蛛俠」

週末清晨，我正在廚房裡煮咖啡。門鈴怯生生地輕響了一聲，我趕快跑去應門，生怕門鈴再次響起，會驚醒還在睡夢中的先生和孩子。

門外站著鄰家男孩，一身晨跑裝扮，靦腆地微笑著。他和我們的兒子安捷在同一所高中念書，每天搭同一班校車上、下學。我以為他來找安捷一塊兒去晨跑，只好抱歉地跟他說，安捷尚未起床。他卻搖搖頭，說是來找我商量事情的。我請他進來坐，沖一杯熱巧克力請他喝，安靜地等他開口，腦子裡卻飛快地轉著念頭，不知道他遇到了什麼疑難，準備盡全力幫他的忙。

男孩雙手捧住冒著熱氣的杯子，低垂著眼睛，睫毛顫動了好一會兒，這才下定決心，直視著我，一口氣說出了他的問題，「在校車上，我偶然發現一個高年級的學生在賣毒品，我必須舉報。您覺得我用哪種方式最好？」

我馬上了解這個問題有多麼嚴重。鄰家男孩只有十六歲，這個文靜的孩子如果遭到毒販的報復，後果不堪設想。他不和父母商量卻來找我，當然是基於信任。我怎能讓他失望，一定得想出一個萬全的辦法來。

「事情是什麼時候發生的？」

「昨天，星期五，從學校返家的途中。」他準確回答我的問題。

「你想清楚了？」

他深深點頭，「電郵、電傳都不可靠，電話更不行。想寫一封信，留下筆跡也不妥，用個人電腦更難免留下痕跡……」他輕聲說，看來他已經前前後後都想過了。

「我有一部老式的打字機，已經很久沒有用過了。」我提出建議。他欣然點頭跟著我走進書房。我把他安頓好，自己回到廚房，不一會兒，書房裡傳出辟辟啪啪打字的聲音。我卻在想，這孩子歲數不大，卻有勇有謀，敢和兇殘的惡勢力纏鬥，竟是一位腳踏實地的「蜘蛛俠」。

十分鐘而已，他拿著一封信走出來，寄件人的位置留了白，收件人是禁毒局。我替他貼上郵票。

他仍然靦腆地微笑著，「謝謝您，我現在慢跑去郵局。」他輕輕鬆鬆跑了起來，消失在晨霧瀰漫、沒有半條人影的街頭。

兩天以後，晚餐桌上，安捷告訴我們，禁毒局的官員和學校的校長、教務長一道從高年級帶走了一個學生，也從低年級帶走了兩個學生，因為他們買賣毒品。

「很嚴重的罪行。」安捷告訴我們，「你們一定想不到，這三個學生每天和我搭乘同一輛校車上下學。」

「他們還會再回到你們學校嗎?」我關心地問。「如果罪行成立，他們必得進入少年管教所。不會再回到普通的學校。」安捷很權威地回答我。

我仍然常常看到鄰家男孩靦腆的微笑，他常常和安捷在一起打球、晨跑、玩電腦。兩個男孩子也常常捧著書坐在涼椅上談天說地。

「你知道嗎?你的笑容很像『蜘蛛俠』。」有一天，安捷這樣說。

「亂講!」鄰家男孩笑答。

文學與數學

近二十年來，美國社會各界頻頻為提高學生的數學能力而大聲疾呼。人們日常生活當中，不斷遇到不會找錢的售貨員；申請房屋貸款的時候，仲介人必得仰賴財會人員的報表行事，買主無法從房地產仲介人那裡得到一個感性的、清楚的未來個人財務的可能模式。人們瘋狂購物，希望從公司商號發出的百萬獎金可以落到自己手中，而不明白八千萬分之一的機率是何等渺茫。

查看孩子的功課，常常發現學校規定使用的計算器不止是將加、減、乘、除、乘方、開方的答案告訴學生。代數、幾何、三角的定理和公式也都包括於其中。我們當年熟記的一切，已不再是必需。今天的孩子們只須記得為計算器更換電池就可一勞永逸地度過課業和考試的重重關卡，順利畢業，升學，哪怕數學能力一團亂仍可以得到一個高薪的工作。

我常常把解高次方程作為休閒節目，兒子坐在一邊，手指在控制器上彈彈跳跳，新力公司出品的電腦型電玩 Play Station II 就在電視屏幕上展現出千奇百怪的影像，我通常很少注意。這一天，解方程正解得興起，忽聽孩子大叫：「趙雲！」我嚇了一跳，從來不知親近中文的孩子何以無師自通地道出了蜀將趙雲的尊姓大名。孩子看到終於吸引了我的視線，趕快解說給我聽。哪一位是關羽、張飛，他們的「老闆」劉備，加上一位搖著扇子的諸葛亮。孩子指著地圖說：這是「蜀」，那是「吳」，吳軍有孫權和周瑜，周瑜最「酷」。這第三邊就是「魏」，曹操、董卓、呂布還有貂嬋。不消一時三刻，諸葛亮揮著扇子和呂布殺到了一處，關羽則掄了青龍偃月刀和曹操戰得難解難分。看我臉色不善，孩子小心地問，這不就是中國文學裡的《三國演義》嗎？這個遊戲有教育功能，不是嗎？我一句話都說不出來，我怎樣向他解說「三國」所昭示的權謀、忠奸？我怎能告訴他諸葛亮不必披掛上陣，就可拒敵於千里之外。看看草船借箭的圖影逼真地再現於二十一世紀的電視屏幕上，我手中的數學公式和孩子口裡的「文學」終於混淆成一片光怪陸離。我又怎能向他說明曹孟德大戰呂布的詳情細節，而使他明白董卓、呂布「父子」不可能與曹操並肩作戰的「歷史」真實。

看我神情有異，十六歲的e世代公民小心翼翼地開導我。他的話很有趣，他說計算機，也就是電腦的基本素質是數學。遊戲機以數學為根本，迅速將歷史、文學、藝術演義化，成為貨真價實的Fantasy。幻想也好，狂想也罷，它已經而且必將繼續風靡世界。孩子一臉同情地瞧著我。看我沒有半點首肯的表示，他居然一指屏幕大叫一聲「長坂坡」。字正而腔圓。

我丟下計算紙，落荒而逃，常山趙子龍血戰長坂坡救護幼主的故事正在我身後上演。書房裡，皮面精裝《三國演義》立在書架上，正如張飛挺矛立馬於長坂橋上。我忍不住像趙雲一般大叫出聲：「翼德援我。」

然而，可不知現代科技的風雷之勢夾著e世代的推波助瀾蜂湧而至，豈是丈八長矛抵擋得住的?!

沒有聲音的人

這一天，真是熱，連樹蔭底下的氣溫也直逼攝氏四十度。園藝公司派了五位工人來我家，在草坪邊緣的綠蔭之下，種植二十幾株灌木。帶工的園藝師指揮著四個年輕人一趟趟運送著腐植土、將灌木一株株安置妥當、澆水、施肥。活兒只幹到一半，年輕人就都放下工具，圍著冰桶喝冷飲，一邊兒連聲叫喊，說是熱得受不了，希望提前收工。

園藝師叫大家抬頭看，三樓的窗戶外邊，驕陽之下，一個人正站在顫巍巍的長梯頂端，用一柄小小的刷子，細心地為已經修理過的窗框刷底漆。驕陽似火，那人連遮陽帽也不戴，汗水濕透了他的襯衫，汗水在他的手臂上亮晶晶地閃著光，他穩穩地站在梯子上，只用手中的刷子一上一下一絲不苟地修飾著那窄窄的窗框。他不搖也不動，沒有半點聲音。

「他的位置沒有你們舒服，他那裡的溫度比樹底下起碼高十度，他的年齡也比你們大，可是他一點兒聲音也沒有，只是專心工作。」園藝師感慨萬千地輕聲提醒年輕人。大家不好意思地笑笑，拿起工具，快手快腳地忙起來。沒有過多久，後園的工程順利結束，年輕人歡天喜地離去了。園藝師會帶他們去吃一頓豐盛的午餐。

下面的響動對站在長梯上的那個人沒有任何影響，他似乎對那些窗戶充滿了興趣，仔仔細細照拂著它們。

這位工人是大陸新移民D，據裝修公司的管理人員告訴我，他在中國大陸的時候曾經是一位鼎鼎有名的古建築修復師，多年積勞成疾，竟然不得不提前「退休」，他的妻子是一位紡紗女工，又遭到了「下崗」的命運，一時間，上有老下有小的一個家庭竟然連溫飽都成了問題。他的妻子毅然出門去做「臨時工」，一天到晚去擦拭整棟辦公樓的上上下下，月薪只有三百元人民幣，合四十美元而已。他無論如何不能眼看著家人受苦，這才遠渡重洋來到美國，憑勞力賺幾個活錢，為的只是家庭的溫飽。

管理人員心情沉重地告訴我，海外人只看到北京、上海的高樓大廈，不知道現在普通的老百姓過的是什麼樣的生活，農民收入普遍下降、大量工人遭到「下崗」的命運。

這才是危機啊！那幾天世界盃足球賽正在韓國和日本舉行，中國大陸足球隊連輸三場，沒有進入第二輪比賽。那管理人員搖著手裡的報紙，感嘆著，「輸球不丟人，進不了十六強也不丟人。成千上萬的老百姓不顧生死投奔怒海才丟人！無數的好端端的家庭為了溫飽不得不妻離子散天各一方才丟人。」

管理人員義憤填膺的當兒，D只是仔細地端詳著我家的窗戶，輕聲問，「這棟房子是哪年造的？」「一九七五年。」我回答。「這棟房子的樣式是不是叫做『殖民地式』？」他又輕聲問。得到了肯定的回答之後，他微微笑了笑，「我會先把舊漆磨掉，用坭子把破損的地方修復，再用砂紙刨平、刷底漆和兩遍油漆。二十七個窗戶，我需要在這裡工作七天到十天。」說完之後就靜靜站著，再也沒有聲音。

我很想說，很想告訴他，在此地，在高度工業化的美國，沒有人會花費如此人力物力去修復窗戶。那管理人員及時止住了我，轉頭跟D說，「沒問題，D先生，就照你說的辦。」

以後的十天裡，我就眼看著D先生靜悄悄地讓我們的「老房子」一點點地年輕起來。

完成

滿懷期待，我走進了二〇〇二年北維州「百納被」大展的展場。這是一年一度的盛事，在這種大型展覽活動裡，熱愛百納被 (Quilt) 的男女老少可以參觀、選購，也可以為參加比賽的展品打分數，在上千條百納被組成的五彩繽紛的世界裡消磨一個美好的假日是很容易的事情。

對於百納被的製作者來說，這是一個學習與鑑賞的好機會，絕對不能放過。我們在這裡可以看到新的圖案、新的剪裁和拼布技巧。我們也能看到許多傳統百納被在顏色和結構方面有了新意，更加賞心悅目。我熱中於百納被製作已經很多年，很高興許多同好為我們大家提供這樣精彩的交流機會。

多少年來，「純手工」是百納被製作的精髓。市場上當然有用機器縫製的，但是參加展覽，尤其是參加比賽，用縫紉機做出來的百納被一向是沒有資格的。

今年的情形卻發生了大的改變，我驚訝於參展作品竟然有三分之二是機器做的。展場內更設有許多縫紉機廠商的攤位，這些縫紉機「全由電腦控制，聰慧無比，能夠代替任何巧手，更能夠節省大量時間」。當然這些複雜的設備也需要許多相關零件與服務，價錢可不便宜。但是現代人的時間太寶貴，所以這些攤位周圍擠滿了躍躍欲試的人們。

我仔細看著那些用很短的時間做出來的百納被。它們硬梆梆地、板著面孔掛在那裡，完全失去了傳統百納被的溫柔、敦厚。更重要的，這些產品失去了個性，我們完全看不到製作人留在細密針腳裡的慧心、愛心和千言萬語。

懷著惆悵的心緒，我走到那三分之一，純手工製作的百納被之間，發現仍然有很多人和我一樣，願意為家庭、為親人和友人付出時間和心力。這些百納被設計不凡、作工精細，閃爍著傳統的光彩。大家互相交換著心得與各自的製作進度，感覺著百納被這樣一種傳統技藝帶給人們的溫馨。

臨走之前，我在一條巨大的斯堪地那維亞式的百納被前站定，再次欣賞其驚人的典雅和美麗。北歐盛產亞麻，這種百納被沒有拼布的過程，在整塊亞麻布的被面上描出花樣，講究的只是一個「納」(Quilting) 的過程。這是難度很大的一種百納被，需要更多的耐心和毅力去完成。

戴著白手套的工作人員翻開被子的背面展示給我看，針腳勻淨，毫無瑕疵。無數的玫瑰花就靠著這些針腳如同浮雕般顯現出來。沒有疑問，這個「納」的過程絕對需要一年半載的全身心投入。

我告訴工作人員，我也做過一條這種款式的百納被。她笑了，問道，「妳完成了嗎？」我這才想起有關百納被製作那數不清的「有始無終」的故事，想到許多許多的「半成品」被人們經年壓在箱底，也才想到那些裝了電腦的縫紉機也許能夠把半成品變成成品吧？但是那都不是我的故事，我是會一針針一線線把一條條百納被徹底完成的。

我也笑了，很舒心地回答，「完成了。一個針腳也不少地完成了。」於是我看到了那工作人員滿載讚賞的燦爛笑容。

想念希臘的石頭

安捷拉是環境藝術家，在她的故鄉慕尼黑拿到博士學位之後遊學英倫和美國。我和她相識於雅典，我們的另一半在使館內救國救民，我和她在雅典古遺蹟看日出和日落，說不完的文學與藝術。

他們在年底回到華盛頓，三個月而已，安捷拉竟又要返回歐洲了，雖然只有短短三、四週，她的先生卻已是愁上加愁，不知如何應對，也許安捷拉在美國「水土不服」？安捷拉在電話中只是說：「約妳出來聊聊，無他，想念希臘的石頭而已。」我馬上了解，她只是又一次陷入書寫的困境，並非完全與美國格格不入。

母語是巴伐利亞方言，入學才使用標準德語，中學時代學了七年拉丁文，大學時代粗通英文、法文和義大利文。研究所時代用英文和義大利文交作業。但是，「當內心激動，要用詩句表述感受的時候，跳出來的句子全部是德文。」安捷拉不只一次向我描述她的「困境」。

我們在「綠泉」植物園見面，那裡有一座十八世紀營造的磚屋，現在是一個美麗的展覽場地。安捷拉在美東的第一次展覽就是在此地舉行的。現代藝術以實物示人的時候，沒有語言障礙，當時的展覽吸引了大批觀眾，風評很不錯。直到今天，「綠泉」的工作人員談起當年的盛況，仍然興奮不已。但是，那是一個只重公眾教育沒有經濟收益的展覽，和出書之類的活動相比較，投資有限，「損失」也不大，對藝術家和承辦機構而言，尚「負擔得起」。

現代藝術的重要支柱是理論，藝術家必須著書立說來支持自己的作品，理念與精神是現代藝術的靈魂，將靈魂示人除了語言的準確——準確表達藝術家的意念——之外尚需金錢。出版社深知此類書籍沒有市場，只能接受作者「自費出版」這樣一種合作關係。枯燥而難懂的理論加上並非討喜的插圖，無人問津幾乎是常態，庫房堆積，長期滯銷的諸般開銷多半也都會由藝術家一肩擔起。

安捷拉的痛苦與此相關，並沒有到此為止。手中這本書已是四易其稿，除了電腦製造障礙之外，英文不能最貼切地表達其心意是主要原因。

為什麼不用德文寫？安捷拉回說，以德文出版，作者必須付出的費用更為昂貴，市場更加狹小。沒有市場意味著這一本書受盡屈辱，下一本書更難擺脫胎死腹中的命運。總之是路越走越窄，前景更是一片黑暗，她的丈夫，一位學者型的公務員，無論是英文或德文都無法準確掌握她心中的點滴，欣賞和表達是兩件事，他幫不上忙。

「我寫了改，改了寫，只是因為英文版我勉強負擔得起。」安捷拉痛苦萬分直白她的煎熬。

「但是，首先要完成它。回到慕尼黑，也許可以幫助妳作出決定，用德語書寫。有的時候，我們必須把市場、投資之類的事情先放一放，而把心裡湧動的意念精準地留下來。我們都想念希臘的石頭，它們一言不發，但它們和藝術家心意相通，它們懂得一切，記得一切。它們是現代文明的母語。回歸母語也許正是它們的提示。」我對安捷拉也對自己說。

花灑

時序剛剛進入夏天，美國東北部就遇上了破紀錄的炎熱，連續五十四天，每天的氣溫都超過華氏九十度（攝氏三十二度）。萬里無雲的碧空之上，驕陽似火。氣象播報員簡直沒有法子帶給大家任何希望。高溫、苦旱、乾燥無雨的盛夏使得碧草枯黃、花木失色、萎頓、瀕臨死亡……

氣候的不正常多半是人類的過失。殺雞取卵式的「開發」、森林的過度砍伐、海洋和大氣的污染等等，都可能是造成東半球水災和西半球大旱的重要原因。

我們只有一個地球，人類的生存繁衍仰賴的就是這個藍色星球所提供的資源。水，乾淨的水，可以飲用的水是重要的資源，用來澆灌草坪、花壇、樹木很可能是一種浪費。但是，大旱之年植被受損也不利於氣候的良性循環。適度的澆灌就成了必須。

市面上買得到很好的灌溉系統，將水管鋪設在園中地表之下，打開水喉，水管自動澆水，甚至可以安裝簡單的電腦系統，設定以後，電腦可以自動控制澆水的時間，大大節省了人力。那是一個省事的辦法，卻也是一個費水的辦法。我要有效地搶救花園裡的草坪和灌木，又要節省水，我選擇了花灑。

花灑的形式雖然多種多樣，原理卻很簡單，都是水喉裡面的水經由長長的水管再從花灑的細孔中噴射而出，或是細流或是薄霧，水量都不大。通常的花灑，要開上七、八小時，整個地面才能得到一英寸的水。而那一英寸的水正是草坪一個星期的需水量。花灑所噴射的遠近和角度也有所不同，大都可以調整。一個兩、三千平方英尺的園子用一個花灑在直徑八十英尺的圓裡澆上一個鐘頭之後還需要換直徑小些的花灑再來澆透邊邊角角，費時不說，也相當費力。碰上大旱之年，每天花在「澆水」這一件事上的時間就不是一個小數。除此之外，灌木和花卉需要的水量更大些，我通常會先用噴筒把這些嬌客灌飽，自然又得特別多花時間。今年，由蚊子傳播的西尼羅病毒又很猖獗。家裡人擔心我邊澆水邊被蚊蟲叮咬，力勸我放棄花灑改用灌溉系統。

怎麼辦呢?真的要眼睜睜地看著淨水大量地流失嗎?在這個水的資源日益短缺的世

界上，我們實在沒有權力浪費啊。

我在手臂上塗了大量防蚊油以後，繼續使用噴筒和花灑，繼續每天數小時進進出出在房前屋後與乾旱搏鬥，繼續用有限的水保持草坪的青翠和花團錦簇。

令人欣慰的是，鄰居們和我一樣不怕麻煩、不怕辛苦，家家的草地上，花灑悠悠然噴灑出的水霧在晨光、夕照裡化成道道彩虹，給這旱象漸漸消退的小鎮再添加幾分美麗。

1 0 4

臺北市復興北路三八六號

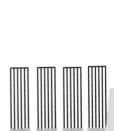

三民書局股份有限公司收

廣　告　回　信
台灣北區郵政管理局登記證
北台字第１０３８０號
（免貼郵資）

姓名：　　性別：□男　□女
出生年月日：西元　年　月　日
地址：
電話：（宅）　（公）
E-mail：

沒有傳奇

二〇〇二年世界盃足球賽在韓國和日本舉行。這場比賽不斷爆出冷門，跌破不知多少專家的眼鏡。最令人震驚的要數上屆冠軍法國隊在主將席丹受傷後居然不會踢球了，一球未進，一局未贏，提前出局，黯然回家。足壇勁旅，一向瀟灑自如的阿根廷隊在全國民眾的期盼中竟然也沒能踢進十六強，鎩羽而歸。

歐洲足球大國西班牙、英格蘭、瑞典、丹麥個個踢得相當辛苦，不敢存半點僥倖之心。然則名不見經傳的塞內加爾、韓國、美國、土耳其卻是異軍突起，震碎了足球強權的版圖。塞內加爾踢垮法國那一役，不少球迷還在查地圖，完全弄不清楚這個塞內加爾是從哪裡「冒出來的」？大家都在叫，說是「傳奇」。

贏過三屆世界盃冠軍的德國隊卻不為所動，首戰沙烏地阿拉伯，八：〇，德國隊大勝，教練沃勒要求球員們「把每一場球都當作決賽來踢，絕對不可以掉以輕心！」於是「德國坦克」穩步前進，一：一踢平愛爾蘭，二：○戰勝非洲雄獅喀麥隆，踢進十六強。第二輪，形勢更為兇險，沒有平局一說，勝者留下再戰，敗者回家。進攻火力強大、防守固若金湯的德國隊一：○戰勝南美勁旅巴拉圭，進入八強，迎頭撞上意氣風發的美國隊。

兩隊的情形真是天差地遠。德軍都是足球明星，肩負著國人的重託。德國又將是二○○六年下屆世界盃的主辦國，當然希望今年的戰績輝煌，精神上的壓力實在沉重。美國卻是籃球和棒球大國，足球隊踢進十六強，已經喜出望外，跟著又以二：○踢倒了並不把美國看在眼裡的墨西哥，心情之歡暢可以想像。美國老百姓本來沒有寄望於國家隊，結果自己的男孩子們卻「沿著正確的方向前進！」於是大高興。美國和足球大國德國對壘，全美國四百七十七萬個家庭收看實況轉播，創下足球比賽最高收視率，真正是人氣衝天。

評家們雖然承認德國隊實戰經驗豐富，人高馬大深具空中優勢，但是他們也批評德國隊刻板、保守甚至「體衰年邁」，要對付年輕力壯、速度快、敢拼敢搶的美國隊並不一定贏！

然而，這一戰沒有「傳奇」，德國隊沒有輕敵，沒有犯錯，面對美國隊的積極進攻穩紮穩打，一：〇打進準決賽。贏的一方勝得光彩，輸的一方雖敗猶榮。

美國隊高高興興回家了，德國隊卯上了地主隊韓國這匹黑馬。韓國隊進入準決賽的時候真是氣勢如虹。雖然裁判備受爭議，但是韓國隊迫使義大利出局，又在八強賽中淘汰西班牙隊，連勝兩支歐洲勁旅不但讓韓國隊的球員大為振奮，更讓韓國球迷瘋狂。

六月二十五日這場鏖戰，漢城運動場上地主國球迷身穿韓國隊紅色球衣，在一片紅色海洋裡，鑼鼓喧天、加油助威的吶喊聲直衝霄漢。十一位德國球員實際要面對的是四千多萬韓國民眾一邊倒的巨大聲勢。

這一天，受了委屈的歐洲強隊都在遠遠地注視著，他們要看一看一個身經百戰、不存半分僥倖心理的足球宗師如何保住勝利。

韓國隊進入準決賽畢竟和長期的艱苦訓練、頑強的無休止的拼搏密切相關。德國隊異乎尋常地穩健、異乎尋常地耐心、異乎尋常地將團隊精神發揮到頂點，終於使傳奇失色。場內球迷在自己人有動作的時候大聲叫好，球到了德國人腳下則寂靜無聲。於是德國隊微笑了，因為在一波又一波綿綿不絕的強大攻勢中，靜場的時間越來越長，直到徹底沉寂。

沒有傳奇，只有不懈的努力。德國隊安安靜靜走向決賽。無論他們是否贏得冠軍，他們都贏得了世界各國球迷的心，在他們腳下，我們又一次看到足球藝術的輝煌。

白色的手杖

當我們在美國任何一個大城或小鎮，在街頭熙熙攘攘的人群裡，或是在綠蔭遍地的鄉間小路上，看到一個人用一支白色的手杖準確地點著前方的地面，導引著自己的時候，我們知道這是一位盲人，我們明眼人應當幫助他。比方說，告訴他，現在紅燈已經亮起，請稍候。或者，前方正在施工，我們可以幫他繞道而行。

同情和幫助是不是就夠了呢？眼睛失明的人，他們生活在一個怎麼樣的世界裡，他們在對抗黑暗的時候，需要什麼樣的理解和支持呢？

加州大學歷史系教授海恩博士告訴我們一個動人的故事、一個美麗的故事。

海恩小時候就生了風濕性關節炎，除了全身關節疼痛、腫脹、變形之外還併發眼色素層炎，視力減弱。在看了無數醫生，吃了無數藥之後，一位醫生建議他去一個海拔比較高的地方，使白血球增長，以抵抗病魔。他二十歲的時候孤身一人來到海拔一〇二〇〇呎的利得威爾市。白血球並沒有繁衍不息，視力卻越來越差。他到丹佛市去看眼科醫生。醫生說，他一定會失明！建議他學習盲人點字，學習在自己周圍建立秩序，準備過盲人的生活，準備和白色的手杖作伴。

海恩把醫生的判決「冷藏」起來，他沒有去念盲人點字書，而是回到大學去念歷史，一直念進耶魯大學的研究所，拿到學位，擔任教職。但是「歷史」對視力並沒有任何幫助，在四十九歲那年，海恩博士已經一步步走向了黑暗。他開始使用點字機，學習點字法，一級、二級、三級，點字變成了速記。同時，他學習建立秩序，使每一樣東西都在一個固定的位置，都找得到，而不會永遠地消失不「見」。在他五十歲那年，他完全走進了黑暗，徹底失明，和白色的手杖、點字機、有聲電腦生活在一起。為了繼續教書，他在課室裡使用錄音機和幻燈機。在他完全失明之後，他才完全了解想像力和嚴格的秩序是盲人世界的兩大支柱。但是那支柱是多麼容易被破壞啊！全身都在「看」，用除了眼睛之外所有其他的感官去「見」到的那個世界，自己的「適應」期是多麼漫長，多麼令人絕望啊！再說，那些有「看」沒有「見」的明眼人是多麼容易把盲人辛苦建立起來的秩序打破啊！他們不小心搬動了一只杯子，那杯子就從盲人世界消失了，再也找不到了！

十五年的黑暗時期使得海恩博士認真思索各種各樣的盲人的處境以及他們的需要。海恩是先有了教職之後才失明的，他就想，一位已經失明的努力上進的青年能不能在拿到學位之後順利找到教職呢？社會各界能不能用平常心來看待盲人呢？也就是說在「同情」之外有沒有盲人最需要的理解和尊重呢？

靠著不懈的努力，靠著助理、學生、妻子、友人讀各種資料給他聽，海恩博士在黑暗中完成了三本歷史著作，對世界各地盲人的生活與困境也作了大量的研究。

在眼壓持續昇高，不得不接受手術切除白內障的時候，真正的幸福來臨了。成功的手術結束了十五年的黑暗期。那無法形容的興奮、快樂引導他更深入地思考盲人和明眼人之間的不同以及理想的互動關係。他用《重見光明》一書記錄他的感受。

如果我們看到一個帶著白色手杖的人，正坐在公園長椅上「看」報，報紙被拿倒了，上下顛倒著，我們就知道這是一位多麼自尊、自強的盲人。我們不要打攪他，讓他盡情馳騁想像力，去捕捉一個美好的世界吧。我們輕輕走過的腳步聲會帶給他怎樣的安慰和喜樂，我們根本無法想像啊！

獅子與綿羊

夏日的正午，盛大的園遊會在綠蔭遮地的城市公園舉行，長餐桌上的檯布是青翠的綠色，綴滿白色小花，留住了春的腳步。召集者是德裔協進會。這個會的成員有作家、詩人、環境藝術家、畫家、博物館的骨董鑑賞家、學者和教授。他們中間大部分人來自慕尼黑與柏林。無一例外，他們又都是收藏家。珍版書、美術品、骨董、樂器甚至東方的玉器和唐卡均在收藏之列，談起來，個個是行家裡手。他們之間都是多年的好友，祖上三代的事蹟彼此都了解，他們之間有許多隱語，外人聽起來常會覺得莫名其妙，他們自己卻常擠擠眼睛，曖昧地笑，自得其樂得很。無傷大雅的小故事，他們會好心地講給外來者聽。可不是嗎，我們這些非日耳曼人好歹曾是他們當中某人的同事、同學、鄰居之類的。外子曾是一位德裔外交官的頂頭上司，我又曾和一位德裔女子同在外交學院教書，中文系和德文系同在一個樓層，我們有過互道早安之誼。

林木之間飄蕩著巴伐利亞舞曲的旋律，德裔們似乎回到了故鄉，人人輕輕鬆鬆踏著舞步，和隨時抓到的談伴們東拉西扯的當兒，啤酒一瓶瓶下肚，舞步卻精準得很，半點兒不亂。

燒烤的爐架上炭火正紅，德國香腸正滋滋地冒油。另外一只煤氣灶上，油湯滾沸，酥炸的各類小吃正一籃又一籃地下鍋，出鍋，擺上餐桌。

餐桌上，蹄膀、豬腳早已燉得恰到好處，端坐桌上。一塊巨大的火腿鮮嫩無比地高踞餐桌正中。其他的肉類也從一只又一只的食物籃子裡掙脫出來，被擺上桌面。蔬菜、沙拉之類只是零星的點綴。

「德國人愛吃肉，我們的祖先是獅子。」一位女士在我身邊噴著菸圈，鮮紅的唇撮成一個完美的圓，啤酒使得她紅光滿面，艷麗無比。

我們附近，十來個孩子正在釣魚，這個湖盛產一種小魚，是酥炸美味的好材料。孩子們成績不錯，銀光閃了又閃，小魚被放進盛了水的小桶裡。最遠處，坐著一個男孩，光腳浸在水裡，他手裡的釣竿高舉在空中，魚鉤也在高出水面一呎的地方晃來晃去，他用空著的手抓一些魚餌，拋進水裡，小魚在他的兩腳之間游來游去，孩子無聲地笑著，不時低頭看看水中的小魚，十分滿意的神情照亮了他的臉，那是一個美麗的孩子。

「他是獅子和綿羊的後代。」吐菸圈的嘴扁了一下，兩片唇一下子薄了許多。大概是怕我聽不懂那隱語，好心地再加以說明，「他的父親是猶太人，很奇妙的組合，不是嗎？」

我不顧社交禮貌，撇下那美艷的女士，走近男孩，問他，我可不可以和他作伴。

他抬頭看我，澄澈的藍眼睛笑瞇瞇的。

「告訴我，你在做什麼？」我笑著問他。

他看一眼旁邊的小朋友，很坦然地回答說：「大人要我們釣魚，可是小魚也有媽媽在等牠們回家。不是嗎？」身邊銀光閃了又閃，伴著孩子們的尖叫和大人的鼓勵，男孩充耳不聞，神態安詳，繼續他自己的遊戲。

來自遠方的浮雕

壁爐上方的牆壁上掛著一件沉重的浮雕，淺淺的乳黃色，在浮雕的凹陷處顏色柔柔地濃重許多，似乎是歲月留下的痕跡。浮雕的形狀是希臘神殿山字形廊檐正中那一個部分。浮雕的內容正是希臘神話中神祇在凡人耳邊說悄悄話的美麗片斷。

它太像是一件來自希臘的古代藝術品，來到家裡的客人誰也擋不住那浮雕散發的魅力，忍不住站住腳，欣賞一番，讚嘆一番。

人人都知道，這只是一件可以「亂真」的複製品，原件保存在雅典的希臘國家博物館裡，因為希臘獨立之後就立法，古董、古籍、古建築不准買賣，連一塊陶甕的碎片、一枚殘缺的古幣也不准買賣。希臘各地到處都有古遺址，用各種文字大書：遊客腳下的石頭，不准撿拾更不准帶走！

希臘老百姓以自己輝煌的古代藝術成就為榮，雖然他們的文化被外族兩千年的佔領一次次割斷，雖然百分之九十的現代希臘人已經不懂古希臘文，但是他們依然毫不動搖地維護傳統文化。並且，因此而贏得全世界的尊敬。

我無法忘懷，這件美麗的浮雕離開雅典時的情形。那是一九九九年的盛夏，我們結束了在希臘的工作，即將打包回國。打包之前，希臘海關派專家來檢視我們全部的行李。我非常喜愛希臘陶甕，大大小小的複製品買了無計其數。雖然每一件都掛著複製藝術家親手拴上的小鉛餅，專家們仍然一件件仔仔細細看過，直到滿意為止。急脾氣的希臘人在這個時候充分顯示他們驚人的耐性和他們一絲不苟的謹慎。

最後，輪到這件四十磅重，用大理石粉精製的浮雕，我出示了希臘國家博物館複製品售賣部的銷售單據和出口證明。海關的古蹟專家斯塔力阿普留斯溫和、誠懇而堅決地跟我說，他必須把這件藝術品移到樓下去，移到綠油油的草地上，在日曬之下，和他的同事們作最後的鑑定。我只是請他們將浮雕放回博物館原裝木箱，連同箱子一起搬下去，免得碰壞了。斯先生欣然同意。

從陽臺上看下去，那浮雕在碧綠的草地上，更加古意盎然，燦爛的陽光讓那浮雕反射出大理石的溫潤，美得讓人心動。好久之後，甚至看到斯先生用手指從浮雕上抹下一點點灰塵放在舌尖上品嘗了一番，這才下令將浮雕妥善包好，放進木箱，用小鐵釘密密釘妥，在木箱外面貼上海關放行的印記，這才送上樓來。

一切圓滿，我謝了專家們的辛勞。斯先生沉吟良久，說了兩句話，「謝謝妳的耐心和寬容。也要謝謝妳這樣喜愛我們的傳統藝術。」

終於，我心愛的希臘藝術品漂洋過海來到我在美國東岸的家，讓我的家相當「希臘」。每當我端一杯咖啡和那來自遠方的浮雕靜靜對視的時候，常會想到那太陽神神殿上的大理石浮雕現在正好好地保存在希臘國家博物館，就會覺得格外心安，格外幸福。

承諾

美國少年取得駕駛執照的手續根據各州的法律而有所不同。維吉尼亞州是一個相當保守的州，立法機構總是希望少年們等到成熟一點的時候再開車，他們更是千方百計使得獲取駕照的過程相當的漫長，少年們的父母兄姐更要付出大量的時間和心力。他們相信，如此這般才能減少青少年開車肇禍的機率，交通安全才有保障。

我們全家從二〇〇一年早春進入這個程序，歷時一年半，在二〇〇二年七月二十二日晚上，十六歲零九個月的兒子安捷才正式拿到駕照，成為開車族。

根據州法，少年們十五歲零三個月的時候可以去交通局「筆試」，透過電腦，用回答選擇題的方式檢測他們對交通法規熟悉的程度，在這之前當然必須熟記各種規定。筆試那天，交通局的官員跟安捷說的第一句話就是：從今天起，你必須信守承諾，準備作一個守法的駕車人。十五歲的少年人從這一刻起就清楚知道，開車是人命關天的大事，絕對不可以有半點疏忽。

筆試滿分通過，領到了「學開車」的正式許可之後，安捷在學校裡加入「駕駛課程」，在教室裡紙上談兵一番，又模擬練習一番，每週三節課，長達數月之久，使那「守法開車」的承諾真正「深入人心」。安捷滿了十六歲，這才能夠跟著老師開車演練，積累「實戰」經驗。颳風下雨下雪的日子尤其是「練兵」的好日子。如此這般，又是好幾個月。

終於，我們收到了駕駛教員寄來的正式信函，信中先報喜，安捷已經學習了駕駛技術，成績不錯。然後指示我們成為安捷的「乘客」，給安捷四十小時的「練車」時間，其中必須有十小時以上時間是夜間開車；當然「擁擠的鬧市」、「上下班的尖峰時間」、「路況複雜的地區」、「高速公路」、「行人穿梭如織的停車場」都是演練的最佳場地和時段。我們更必須將全過程詳細記錄，然後才能取得九十天的「臨時駕照」。

我們自然是全力以赴。我欣喜地發現，安捷駕車又穩又好，不但守法而且懂得禮讓，至於停車技術更是高明多多。有一天下午他放學回來，我問他要不要練車。他搖頭說，今天有一點「太累」，在校車上睡著了，這種狀態最好不開車。我更加欣慰，知道他會成為一個真正負責的駕車人。

好不容易，四十小時的練習結束，安捷從維州教育局領到臨時駕照，上面詳細規定他獨立開車時不可以載送一位以上未滿十八歲的乘客；自半夜起至凌晨四時絕對不准在高速公路上開車。一句話，這紙駕照杜絕了少年人「飆車」的可能性。駕照上更明文規定，在九十天內持照人必須面對法官，承諾守法，領取正式駕照。那一天是五月二十一日，安捷十六歲零七個月。他鄭而重之，把「駕照」隨身收好，並且馬上動手安排和法官先生見面。

兩個月後，十多位少年人衣著整齊地來到法官面前，聆聽了交通局官員和法官先生的諄諄教誨之後，領取了有效期長達四年的駕駛執照。那一晚，安捷駕車帶父母回家。我們在車上討論各州不同的有關駕照的法規，作一番比較。安捷表示他喜歡維州這種曠日持久的辦法，「因為費時、費力，反而不存僥倖之心，一點點地把守法的承諾變成生活方式的一部分。好得很。」

他微笑著，娃娃臉上自信滿滿，真是好得很。

人，一定要有朋友

七十七歲「高」齡的陳香梅女士在很熱很熱的天氣裡來到華府華文作家協會，給大家作了一場非常生動、非常活潑、又非常有感情的演講，題目叫做「掌聲響起，掌聲落時」。

陳女士是著名的社會活動家，和歷屆美國總統、美國政府官員、共和黨領袖都有很多交往，她曾經擔任共和黨財務委員、共和黨競選委員會董事、民航局顧問等等許許多多職務，曾經規勸美國前總統尼克森結束越南戰爭，也曾經在「水門事件」發生的時候提醒相關人員要有一個坦誠的解釋。事後，對於導致尼克森下臺的這個事件，她的看法是，美國人民可以原諒犯了錯誤的領導卻不能接受撒謊的總統。她認為那是民主制度的基石，非常珍貴的。陳女士告訴大家，如果當年尼克森先生仔細分析事件的來龍去脈，坦誠找出肇事人，而不是力圖掩飾，情況一定會好轉，美國人民一定會原諒他；當時，如果尼克森不是急急忙忙跑到中國去，而是誠懇地尋找辦法結束越南戰爭和解決「水門事件」，美國近代歷史一定會改寫。對於那些在事件中受到牽連的朋友，陳女士運用她的影響給他們適時的幫助。說到這裡，陳女士語重心長地跟大家說，人，一定要有朋友。什麼是朋友應該做的事情呢？雪中送炭的事情要多做，錦上添花的事情不必插手。因為無論是掌聲響起還是掌聲落去都不過是「世態炎涼」而已，在政界尤其看得清楚。她自己很年輕就考進中央社成為最早的女記者，但是丈夫陳納德將軍早逝，她帶著兩個女兒來到華府打天下，走過很不容易的漫漫長途，因此她本人對於人情冷暖是深有體會的。

衣著光鮮、美麗，神采飛揚的陳香梅女士侃侃而談，一個小時下來不露任何疲態，大家都很好奇，不知她怎樣在擔任大量職務的同時保持旺盛的精力。她笑說她是屬牛的，有一條勞碌命，多少年來都是整天工作，很少休息。工作的重點就是要「雪中送炭」，要完全不在乎有沒有掌聲，因此心情大好，這才是保持活力的關鍵。

我不禁想到中、英文書籍已經出版了五十二本的陳香梅女士一直在用淺顯、明快、言之有物的文字書寫她的傳奇，中國的傳奇，美國的傳奇。她是一位看上去很嬌小，心胸卻非常寬廣，裝得下五湖四海，裝得下國際風雲的作家和社會活動家。因此，當重大的問題發生的時候，各路英雄都會想到陳女士，希望聽到她的意見，更期望她親自出馬，協調各方面的歧見，化解危機。今天，大家都知道，陳女士一直關注臺海兩岸的局勢，希望兩岸的領導人把人民的幸福和安全放在心上，謹慎而妥善地解決兩岸之間的各種問題。大家都記得，世界上有這樣一位堅強的女性，她的朋友遍天下，她就是那位永遠把朋友的急難放在心上的陳香梅女士，她住在華盛頓的水門大廈。

不實廣告

梅西百貨公司的大減價是很有名的，紐約市的「大」梅西每逢減價總是吸引成千上萬的人潮，幾乎成了曼哈頓中城的一個重要景觀。

我住的北維州也有一個梅西公司，比曼哈頓的旗艦店小得多，卻精緻得多，座落在一個相當雅麗的購物中心裡。每逢各種名目的「減價」活動，不但吸引當地居民去採購，連馬里蘭州的居民也歡天喜地開車前來，並不嫌路遠。

百貨公司換季、清倉、減價都有一套約定俗成的作法。人們坐在家裡，自有郵差先生送上各種廣告和折價券。上面大書減價「理由」：春季、夏季、節日、新學期返校等等，不一而足。邊邊角角上會用幾乎無法辨認的小字加以詳細說明：名牌服飾、名設計家設計的床上用品、藝術品不在減價之列。使用本公司信用卡或當場開戶取得信用卡的顧客得享優惠等等，密密麻麻，看得人眼花撩亂、頭昏腦脹。聰明人一看就知道必定是「喜歡的東西不減價，不喜歡的東西滿坑滿谷」，也就打消了湊熱鬧的念頭。多半的人常常懷著「碰運氣」的心，依然準時前往，並不因為廣告上的小字而停步。

這一回是「年中大清倉」。一年一度的特大減價，通常會掀起購物狂潮，廣告詞是這樣寫的，「整個店堂裡的貨品減價百分之十五至百分之五十，甚至百分之六十！」邊緣小字只說「限於梅西公司信用卡客戶」。我甚少趕潮流，這次卻沒有免俗，拿著信用卡上路了。

安捷最喜歡凱文・克萊的床單，這種設計簡潔、優雅的床單幾乎是從不減價的，這一天不但減價百分之二十，而且正好有安捷最喜歡的淺綠色。喜出望外，趕快選了兩套，站進了付款的行列。

忽然之間，櫃檯前發生了爭執。一位風度翩翩的中年人正在質問收銀員為什麼不給他百分之十五的折扣。收銀員振振有詞，「折扣限於梅西公司信用卡客戶。如果您使用本公司信用卡，我馬上給您折扣。」

那中年人好整以暇，微笑回答，「店堂內巨幅廣告只說，『整個店堂裡的貨品減價百分之十五……』云云，可沒有一個字說顧客必須使用你們的信用卡才有折扣。這是不是不實廣告呢？」站在隊列裡的顧客以及周圍聽到這番話的顧客全都抬頭看著自高高的天花板直直懸垂下來的巨幅廣告，這位中年人說得沒有錯，廣告報喜不報憂，真的不夠實在。

店家使用不實廣告，妨害消費者權益是很嚴重的事。收銀員滿頭大汗，喃喃解釋，「我們寄出的廣告上都寫明白了的……，再說，不輸入客人的梅西信用卡號碼，電腦不會顯示折扣，就算我願意給您折扣，電腦也不答應……」

中年人得理不饒人，哈哈大笑，「電腦程序不也是人設計的嗎？」大家都笑了，笑得很開心，並沒有惡意。收銀員更緊張，因為他知道或者是在大廣告上添加附註，維持原議；或者修改電腦程式，給使用任何信用卡的客人以同樣的折扣；再沒有第三種選擇。而無論哪一種選擇都不是他能夠決定的，他的權限小得可憐。一時之間，他呆立原地，再也說不出話來。

正是應了「哀兵必勝」的老話，那中年人也覺得了收銀員尷尬的處境，遂緩緩說道，「有沒有折扣並不太要緊，重點只是，廣告應該翔實……」

話未說完，樓層經理適時出現，他滿面笑容地謝謝客人指出他們的疏失，感謝排隊等著交錢的顧客們的「耐心」和「諒解」，他接過中年人手中的美國運通信用卡，同時朗聲告訴大家，「今天，任何信用卡、支票、旅行支票等等都享有同樣折扣。」收銀員鬆了一口氣，人群裡響起一片掌聲和歡笑聲。

高懸在半空中的廣告卻似乎是更加鮮艷奪目了。

追尋那一片楓紅

遲到十年的通知

十幾年前，因為一個偶然的機緣，從來沒有見過火山的外鄉人康先生帶領他的一家老小，來到夏威夷的大島定居。大島不同於世界聞名的旅遊地火奴魯魯，沒有那麼熱鬧，沒有那麼擁擠。最主要的原因大概是大島上面的火山還「活著」。火山頂上終年薄霧繚繞，而那些黑得發亮的熔岩看起來也是非常新鮮，完全沒有一點點古老的樣子。

這裡是美國的一個國家公園，展示的主要內容當然是火山。康家在海邊買了房子，一家人深深愛上了夏威夷的氣候，住得很開心。康先生的工作也很理想，似乎一切都很好。但是，有的時候，四千多英尺高的火山頂上似乎冒出煙來，而不只是薄霧，康先生就有些不踏實。他很謙虛地向鄰居詢問，大家告訴他，火山如果有「動靜」，公園管理處一定會提前知會，而且會有書面通知，請他放心。

十年前，火山真的打了一個噴嚏，不但高高的火山口直直噴出滾滾濃煙，而且岩漿帶著溫度緩緩地、悠悠然地從山頂向下漫延。廣播電臺播出公園管理處的通知要求遊客不再上山。康先生不以為意，相信不會有事，因為他沒有接到任何書面通知嘛。早飯後，他開車順著盤山公路去上班，這才發現公路已經變成起伏不定的黑色波浪，好奇的遊客被警察先生擋在安全地帶，正興奮地觀望。警察看到康先生夾在遊客當中，好心問他，「公路已經被岩漿阻斷了。您沒有接到通知嗎？」沒有。康先生沮喪地搖頭。

那次「危機」真的只是火山的一個噴嚏而已，沒有造成任何危害，公路上的岩漿凝固以後，很快就排除了，盤山公路又暢通無阻了。康先生心裡卻存了一個大大的疑竇，為什麼每家都收到通知，唯獨自己沒有？管理處信誓旦旦說是發出了，自己就是沒收到！為什麼？是不是因為自己是外鄉人呢？

最近十年間，這一類的情形又發生過好幾次，每次康家和大家一樣都會早早收到通知，但是十年前那一份消失不見的通知卻像火山口的薄霧一樣一直繫繞在康先生心頭，他總覺得，後來收到的那些通知是因為自己提出了疑問，管理處不得不記得有他這家人，才發出的，是被動的公事公辦而不是主動的關懷。

忽然有一天，在信箱裡出現了一封奇怪的郵件，來自冰天雪地的阿拉斯加，寄信人是數年前退休的管理處祕書柯先生。拆開一看，一頁信紙裡面整齊疊放著那張遲到了十年的通知！柯先生在信中寫道，十年前這份通知滑落至帆布書包夾層裡，送信人沒有發現，他自己多年來也沒有發現，直到書包破了，要丟出去的時候，細細地把夾層也翻開來抖一抖，這才看到這份通知。雖然晚了十年，他還是決定要寄給康家，「否則，我和你都不得釋懷。」

這時候，大島上碧空如洗，美麗的火山口上雲淡風清，海風拂面，帶來了陣陣暖意。

一個國家

這是一本書的名字，*ONE NATION*。她的副題是：美國，二〇〇一年九月十一日，永誌不忘。由頗負盛名的 Easton Press 出版公司出版發行。這個公司專門出版典藏書，所有的出版品都是皮面精裝，每一頁都有金邊。金邊對於書來講是重要的防護，可防蟲咬、水浸。這個公司的出版品幾乎全部是文學藝術的經典作品。藝術書籍更是在巴黎編輯，在義大利印刷，在美國手工裝訂。每一本書都高貴、典雅、美侖美奐。

《一個國家》這一本書卻完全是在美國印製的。書裡面的資料完全來自時代華納公司，版權也完全屬於時代華納公司。在 Easton Press 長久的出版史上是絕無僅有的。

這是一本莊嚴的書，深藍色皮封面上鍍金鑲嵌著一張照片：碧空下，晨曦中，自由女神高舉火炬，面對著靜靜矗立的世界貿易中心——雙子星大廈。

這張照片是一年來億萬美國人民深埋心底的巨痛，更是這個偉大的國家在巨創中昂然挺立的精神象徵。

翻開第一頁，沒有任何說明文字。一張又一張遇害者的照片，旁邊是他們的親人、朋友、同事和鄰居工整寫下的姓名、年齡以及自己的聯絡電話。照片上的男女老少都笑得很開心，對災難毫無準備。在「九一一」那天，他們不見了，他們的親人、朋友、同事、鄰居在焦急地尋找他們。活著的人們在去年的九月度過了不知多少個焦慮的白天和無法安睡的夜晚。

然後我們看到了救火隊員的照片，看到了在九月十日剛剛結束了訓練的年輕人，在十一日那一天，頭一次參與救援行動就英勇地奉獻了他所有的一切。這些照片有兩個重要的來源。七十年代，在曼哈頓南端十二英尺的高處裝設了一個長十六英尺寬十二英尺的照相機。這個照相機在這一天拍下的那些四十英寸寬八十英寸長的巨大照片為世人留下了忠實的紀錄。長期以來，時代華納旗下《生活》雜誌攝影師麥克納利為雜誌社拍攝大量巨型建築圖片。他的工作室離雙子星大廈只有幾個路口的距離。在事件發生之後的兩週內，他的攝影鏡頭不停頓地追蹤事件的持續發展，受難者、救護人員、救火隊員、義工、受難家屬以及帶著關懷與支援遠道而來的人們紛紛進入他的鏡頭。其中很多照片被收進了這本書。

正因為有了如此確切的證據，領導人們戰勝災難的紐約市長朱利安尼才能夠清楚告訴全世界，「九一一」讓我們看到了人性的至善，也讓我們看到了人性的至惡。除了邪惡之外，我們還能夠找到其他的詞語來形容這樣兇殘而惡毒的以五千平民為犧牲的攻擊嗎？然而與邪惡對抗的正是人性的無私無畏。在照片上我們清楚看到大廈裡人們正掩著口鼻向下走，走向安全地帶，救火隊員卻步步向上，去援救被火勢困住的人，去援救傷者。逃出生天的人們告訴大家，救援人員一直在高處大聲呼喚，「不要朝上看，趕快往外走，不要停步，不要跑。快步前進！」大廈坍塌才阻住了那些殷殷的呼喚。多少人的逃離正是仰仗了救援人員的捨生忘死。

是的，「九一一」改變了許多事情，改變了旅行文化，改變了很多人的價值觀念，甚至改變了人際關係。特別是當復仇之劍揮向恐怖主義之後，炭疽病毒又成為新的武器，攻向美國及其盟友。於是，大家研究阿拉伯社會，研究伊斯蘭世界，研究恐怖主義的緣起和發展；同時研究在空中有七千架飛機的情況下如何攔截被劫持的那一架、如何有效地阻止生化武器的發展和使用；更重要的是研究如何消弭仇恨、如何教導人們尊重生命，他人的生命和自己的生命。

一九四一年十二月，珍珠港事件使得整個美國萬眾一心反擊日本軍國主義的侵略，全心投入反法西斯的正義之戰。六十年後的今天，美國迅速從重創之中挺立起來，決心和全世界反對恐怖主義的國家和人民一道，徹底打贏這場持久戰。

《一個國家》這本書以文字和圖片忠實記錄了這一切，並將傳之久遠。

面對死亡

以提供豐沛美食為號召，專門生產「傳家寶」式的廚具公司"The Pampered Chef, LTD"在美國主流社會日漸回歸傳統的新世紀，大張旗鼓地舉辦各式各樣的廚具發表會。平烤盤以陶土製作，烘烤過程中，麵皮外酥裡嫩；烤盤經久耐用，時間長了如同塗上了釉色，古樸美麗。風聞世間有這樣的好東西，於是應邀前往一個家庭廚房，廚具公司的推銷員將實地表演廚具的使用。公司更為與會嘉賓提供美食，讓大家親口嚐到那廚具的不凡之處。

主人是老朋友，將寬敞的廚房佈置成半個教室。餐桌上已有部分成品供大家品嚐。主人輕聲細語：她的不滿三十歲的女婿被病毒擊倒，大概只有四個月時間好活。她的二十六歲的女兒、兩歲的外孫和三個月大的外孫女還得好好地活下去。女兒勞拉和女婿商議之後，先是賣掉了大房子，搬進一個小得多的連幢磚房，以減少房屋貸款的壓力。然後四下尋找一個能同時照顧兩個孩子的工作。以家庭為重的 Pampered 廚具公司欣然接納了這位極少親近廚房的少婦，短期培訓之後，今天是勞拉首次披掛上陣的日子，難免出差錯。主人請她的女友們多包涵。

我尚未從震驚中清醒過來，勞拉一手推嬰兒車，一手提著搖籃，邁著大步進門了。她動作快捷地把兒子放在電視機前，啟動小鹿班比卡通片，搖籃則放在兒子手邊。我們遠遠望著兩個安安靜靜的幼、嬰兒，感動莫名。勞拉套上了圍裙，當眾洗了手，從容不迫地開始介紹數道美食以及烹調這幾道菜必須使用的工具。

畢竟是新手，臺詞背誦完畢，一旦開始實地操演，就露出了窘態：她需要不時地在菜譜上瞄幾眼才能找到下一個步驟；她不熟悉開罐器的使用；她拿著菜刀的模樣令人擔心，似乎下一刀就會切在她自己的手指上。

所有的客人對這一切都視若無睹，大家都是當了祖母的人，每一位在廚房裡都奉獻了不短的歲月，每一位也都對廚藝頗有心得。大家友善地、巧妙地提醒著勞拉。幾道菜做下來，勞拉的動作逐漸穩當而準確，談起廚具也更加的自信而流暢。

身為主人的老友時不時悄悄轉進客廳，照顧著兩個幼小的孩子，使得整個活動能不受任何干擾地順利進行。

接近尾聲，大家不但買了不少廚具，更主動安排時間，一一排定今後幾次的廚具發表會在各家廚房進行，大家將廣為邀約親友參加。勞拉的母親更一肩擔起隨同女兒出征、幫助照看外孫的責任。

曲終人散之際，勞拉端出一個塑膠洗菜器，「最近幾個月，我在和病毒作戰，最終，我必得交出我至愛的人，但是，我要把我所知道的告訴大家，一些未知的毒菌是從洗得不徹底的青菜中進入人體的。這個複式洗菜器可以洗得比較徹底，很可能在很大程度上可以預防毒菌的侵入。」

勞拉不但毅然擔起了教養子女的責任，在面對死亡的時分，她成長為一位為生命而戰的勇士，我們圍繞著她，一心一意要和她並肩作戰。

數位革命

各大電訊公司經過長時間的努力，終於得以宣佈，美國城鄉各地千家萬戶所使用的有線電視將接受數位革命而呈現給客戶更加清晰的圖像，色彩更為鮮艷的畫面。全部工程將在二〇〇四年徹底完成。這個承諾真正令人歡欣鼓舞。老人家們視力越來越弱，電視機也越換越大，無非是希望仍然可以看得清楚。現在電視機不必更新換代，圖像卻大大改觀，自然滿心期待，盼望「革命」早日成功。年輕的電腦族更是迫不及待，因為數位革命將帶來的便利是大大加快網路的速度。每個星期五的下午，是網路大「塞車」的高峰時段，電腦族們叫苦連天，現在終於有了盼望，恨不能「革命」明天就在自家門前展開。

美國有將近十億台電視機，每一棟建築物都必須和地下電纜連線，然後與社區、街道、鄉鎮中心更為集中的電纜連線，數位革命的基本工程是更換功能更加高級的電纜，因此「挖地三尺」所帶來的不便勢不可免。

各級政府，尤其是交通管理機構馬上開始規劃，希望把那「不便」降低到最小限度。就拿我居住的北維州小城維也納來講，本來就是一個交通無比繁忙的地區，又屬於費爾費克斯郡的老城區，住宅與商店重疊、交錯，沒有工程進行的時候真是十二分的安詳、美好。舊秩序一旦打亂，勢必天翻地覆，整個小城將陷入無窮盡的混亂之中。於是，交通管制實行「走一邊」的政策，盡量把工程安排在道路一側。雙線道變作單線道，車輛在任何路口都只許右轉，不准左轉，以確保工程車的運行、停靠以及施工人員的安全。

這麼一來，離城區還有兩英里遠，巨大的告示牌就開始頻頻提醒，「前方施工，閣下將稍晚抵達目的地。」開車的人們心理有了準備，亦步亦趨，照指示前行。左轉馬上可以抵達的地方，大家照規矩右轉、右轉、再右轉。兜著圈子出門，兜著圈子回家。一天又一天，一週又一週。大家都明白也都相信，地方政府絕對會嚴格要求電訊公司如期完成所有的工程，我們要做的只是合作而已。

果不其然，所有的小城居民提前一個月收到了卡克斯電訊公司喜洋洋的來信，「本地區的數位革命在大家吃苦受累全力配合之下順利完成，謝謝各位好鄰居。卡克斯公司將在以下時段將新的有線電視系統送到您所居住的社區……」那一天終於到了，我抱著小小的舊系統走了五分鐘路，來到卡克斯指定地點，發現那送舊迎新的工作真是井井有條，有些老人家感覺困難，電訊公司的年輕人幫他們將新的系統送到家裡，安裝好，打開電視，聽到他們驚喜的歡呼聲才離去。

真的，電視畫面更清晰、更富立體感了，網路的情況更是大大的改善了。數位革命「兵不血刃」，受益人更不必多花一文錢，實在是太好了。

我也注意到，維也納市政府在電訊公司挖地三尺的同時不動聲色地將水泥人行道換成了美麗的紅磚路面。心愛的小城風景更加怡人了。

隨身讀

二百年前，威震四方的法國皇帝拿破崙忙著攻城掠地、征服歐洲的時候，並沒有忘記他生活當中最要緊的一件事——讀書。拿破崙擁有豐富的藏書，他稱它們是「永久的典藏」。他出征的時候，一定要親自抽出一些書，隨身攜帶。在戰鬥的間隙，在那些不眠的長夜裡，他靠這些書過日子，他稱它們是「唯一的慰藉」。在那場導致他失敗的滑鐵盧之戰，他隨身攜帶的書籍就有八百冊之多，其中七十本是伏爾泰的著作，包括劇本、歷史研究、文學評論、哲學思想、小說甚至書簡。

鐵面無私的歷史學家們不斷爭論拿破崙的功與過。當初他為了凝聚法國的民意與鬥志，曾經建立出版的檢查制度，這當然可以被指責為「禁錮言論、妨害文學事業的發展」。但是我們很快就發現拿破崙有他非常可愛的一面，作家斯塔爾夫人是他的政敵，多年來忙著顛覆拿破崙的江山。但是，當他失去了一切，被放逐於荒蔽的聖赫勒拿島的時候，他讀了這位女作家的小說，並且充分肯定她的才華。

拿破崙南征北戰，靠的當然是他的軍隊，他也是一位懂得愛惜子弟兵的統帥。他自己在閱讀的時候也會想到他的將士們，他計畫著要為他的軍人們印行一套「隨身讀」，選擇經典美文，印製成十二開的小冊子，使用結實的、極薄的材料做封面，裝幀一定要漂亮。如此這般，軍人們能夠把這些小冊子放在褲袋裡，一有機會就可以拿出來，讀上一段。離鄉背井的軍旅生涯就不再那麼枯燥、那麼無聊、那麼沒有詩意了。

拿破崙有了這個念頭之後馬上和有關人員制定詳細的計畫，他要聘用二十五位編輯、一百二十位排字工人，在六年的時間裡完成這項工程。他再三強調，他要給軍人們「精緻的版本和美麗的裝訂」。這項工程迅速地展開了，一如拿破崙一貫的雷霆萬鈞的行事作風……

但是進攻莫斯科和滑鐵盧的戰敗一再地延緩了這個美好的計畫。等到他被放逐，在聖赫勒拿島上，坐在他自己的圖書室或者書房裡，忍受著疾病的折磨，他大量閱讀。英國人毀滅了他的萬丈雄心，他卻愛上了英國文學。他慘遭滑鐵盧，但他對古今軍事學依然充滿了興趣，在生命行將結束的時候，他成為多方面的學者和專家。遺憾的是，那個出版「隨身讀」的計畫終於因為拿破崙的失勢而不了了之了。他失去了法國，悽涼地死於他鄉異地。十多年後，他又贏得法國，遺體被隆重地迎回巴黎。他的名字至今是法國的驕傲。但是，那「隨身讀」卻還是沒有著落。

在中文的世界裡，情況卻是另外一個樣子。我們有一匣又一匣的「隨身讀」，由臺北洪範書店出版，從一九九六年到一九九八年，不到兩年的時間裡加印二十次的文學精品，從周氏兄弟、徐志摩、沈從文到琦君、王文興、張系國。二十位名家，二十本小冊子，每一本都是經典，每一本又都是薄薄一冊，可以放在衣袋裡，隨時翻閱。

至於世界文學方面，更是從但丁、紫式部、莎士比亞到卡夫卡、芥川龍之介，兩匣四十本小書給中文讀者一個文學美景的概貌。覺得普魯斯特的數卷宏文不容易親近嗎？就從「隨身讀」開始吧。覺得《尤力息斯》的文字太難纏嗎？莊信正先生的譯文精彩無比，很容易提起興味哩！

不知這幾套「隨身讀」花費了多少心血和物力。但它們實實在在就在我們中間，並非遙不可及的夢想。多麼好啊！

可敬的曇花

小說大家張恨水先生的女公子張明明是一位擅長丹青的藝術家，也是一位古道熱腸的朋友。一天在電話中，她說她培植的曇花「今天晚上」就要開了，她「現在」要送給我一盆，而且她「馬上」開車送過來。只知道「曇花一現」，只知道曇花一旦盛開也就到了快要結束的狀態，世間沒有長命的曇花。更何況，從前只在北京聽說「曇花開了」，照片上黑漆漆的背景，一朵白花盛開，從來沒有真實地看見這株奇異的花，自然只有唯唯諾諾感謝明明的好意。

晚飯時分，明明帶著一個大花盆來了，巨大的葉片上生出小葉片，在一片葉子上直接生出兩根小指粗細、淺紅色的莖，尾端居然懸垂著兩個巨大的橄欖形的花蕾，沒有任何綠色花萼，只有一些絲狀的東西微微翹起。花蕾頂端露出一點點白色，明明說，「十一點開花」，又指著另外一片葉子上面一個小得多的花蕾交代，「這一個，再等兩個禮拜。」

我小心翼翼地把這盆花移到書房裡，一邊看書一邊等待那「曇花一現」的時刻。從十一點開始，兩朵花以同樣的速度，緩緩綻放了，將近十二點，所有的絲狀花萼直立、反向弓起，花瓣多層次、雪白，花蕊則是一卷白色蕾絲，散發著淡淡的幽香。我忙著把睡眼惺忪的外子和安捷叫來看這奇妙的景致。安捷說，這不太像地球上的植物，大概來自外太空。他父親趕快查字典，找到曇花的學名是 Epiphyllum Oxypetolum，從字意上倒是點出了曇花的「附著」性。時間移向凌晨一點，兩朵花露出了疲態，我們不忍再看，悄悄上樓去了。

第二天，我把那兩朵尚未完全合上卻已經癱軟如泥的花從葉片上剪下，發現那輸送營養的「導管」卻是堅硬無比，不能不驚嘆大自然的神奇。

花盆移到了庭園中，不時有小鳥和松鼠好奇地跑來張望一番。曇花和別的植物接受完全一樣的日照和水分，葉片迅速油亮、青翠起來。

足足等了將近四個星期，那第三朵曇花要開了，我向家人宣佈，「晚飯後在園中喝茶、賞花，這朵花將在今晚九點鐘盛開。」我們把花盆搬上一張圓桌，大家圍坐喝茶聊天，那一晚沒有月色，只有星光閃爍。曇花「按時」盛開，一小時之後依然儀態萬方。外子嘆息「曇花一現」不再是成語了。安捷說，「人類對很多事情都弄不清楚。」他們睡覺去了，我陪伴那朵神采奕奕的奇花直到午夜。

第二天清早，我從二樓的廚房窗戶朝下一看，天哪！那朵曇花開得神氣極了。趕快奔下樓去。在朝霞裡，在鳥兒的歡唱聲中，那一朵不同凡響的曇花傲然挺立！外子和安捷不得不早早出門，我決定要看到落幕。

上午十一點，曇花靜靜地合攏，在盛開十四小時之後，完全恢復到綻放前的樣子，十分地驕矜、十分地尊嚴。這是一朵不肯認命的曇花，她創造了奇跡，著實可敬。

雨林的視野

雨林應該是什麼樣子的?應該綠到一個什麼樣的程度?雨林和人類的生活應該有著什麼樣的關係?雨林應該帶給生活在水泥叢林裡面的現代都市人一個什麼樣的視野?當工業家們告訴我們「這個企業不會造成污染」的時候,我們是不是也要聽一聽雨林的意見?

來自世界各地的藝術家們用他們的作品回答了這些問題,這些傳統而高雅的美術作品傳達的關懷非常寬廣、非常深遠,它們不像政治人物的說教那麼咄咄逼人,但是它們所包含的熱情,它們所呈現的生命力卻震撼人心。這些作品以「雨林」(Rain Forest)為專題,從二〇〇一年夏天起在世界各地展覽:高雄市立美術館、紐約中華新聞文化中心臺北藝廊、拉斯維加斯美術館都曾經為這些美麗的作品提供舞臺。到了二〇〇二年九月和十月，這些作品在美國馬里蘭州的陶森大學藝術中心隆重展出。

展覽開幕的那天，一個精彩的弦樂四重奏樂團在現場為觀眾們演奏名曲，懸掛在展廳裡面的雨林精靈們隨樂聲起舞，人們靜靜思索，現代人，我們究竟需要的是什麼？

在參展的二十多位藝術家裡面有十位是臺灣藝術家，連來自紐約的參展畫家和策展人盧曾富美女士都是臺灣美濃人。正如高雄市立美術館負責人陳雪妮女士所說，在自然資源遭到嚴重破壞的臺灣，藝術家們正和美國、英國、法國、德國、瑞士、日本、巴西、蘇格蘭的同行們一起，透過他們的作品表達他們深切的關懷、深切的傷痛以及他們的期待與憧憬。高雄藝術家、培養了無數美術工作者的許一男先生的畫作正是表現雨林精靈的優秀作品，豐富的色彩所表達的強韌的生命力吸引了西方觀眾長久的注意力。臺中畫家洪天宇以四幅畫描述雨林的消失，一七〇〇年，只有美麗的雨林和湖光山色，一八〇〇年，出現船隻和灰白色的建築，一九〇〇年，「大地持續被建築物灰白化」，二〇〇〇年，畫面的四分之三是灰白色，資源已經枯竭！觀眾駐足這〈觀音四韻〉畫前，無法移開他們的視線。來自金門的呂昆和先生所呈現的「林木如洗」的青翠美景又帶給人們無限懷想和希望。

還有很多很多。臺灣藝術家們的優異表現是他們在展覽中備受尊敬的唯一緣由。他們所開拓出的有關雨林的視野是現代地球人必須面對的嚴酷事實。然而，人類仍有希望，重點在於我們「做什麼」和「怎麼做」。

在政治人物紛紛「帶領臺灣走出去」的喧囂聲中，臺灣藝術家們靜靜地做出了一個精彩的、令人無法忘懷的、真正受人尊敬的、領先世界的範例。

駱駝在哪裡？

小學二年級學生珍妮春天的時候剛剛跟著爸爸媽媽去過埃及，在那個國度裡，珍妮最喜歡駱駝，她好幾次爬上駱駝背，高高地坐在鞍墊上，搖搖擺擺圍繞著金字塔散步。她喜歡駱駝的大眼睛，溫和的大眼睛。她覺得，在埃及看到的所有的景物裡面，駱駝是最容易明白，最容易作朋友的。在她離開埃及的時候，她的小書包裡裝進了好多張美麗的照片，碧藍的天、金黃的沙漠，中間是駱駝，披著彩色的鞍墊，安安靜靜地站著。巨大的金字塔只是一個遙遠的背景，珍妮並不覺得那個龐然大物和她自己會有什麼關係。

到了秋天，開羅埃及國家博物館裡面的一些東西來到了華盛頓，在美國國家藝廊盛大展出，專題叫做「尋求永生——古埃及珍寶展」。爸爸媽媽都很興奮，因為在開羅，展品太豐富而時間實在太短，遊客又太多，得到的印象只是眼花撩亂而已；現在寶物到了家門前，再加上國家藝廊專家們的精心佈置，參觀這個展一定會比較有收穫。珍妮也很興奮，「又要和駱駝見面了！真好。」她開心地告訴父母。

爸爸從希羅多德那一大本《歷史》上面抬起頭來，「珍妮，妳大概要失望了，古埃及沒有駱駝。駱駝是托勒密時代才來到埃及的。那是公元前兩、三百年的事情吧？」爸爸問媽媽。媽媽正從書架上威利．杜蘭一大排的「世界文明史」裡面抽出《埃及與近東》這一本來，她回答說，「沒錯，公元前三百年，駱駝才從亞洲西部進入埃及。這就是為什麼在陵墓藝術裡，在那些鮮艷的壁畫裡、在那些美麗的浮雕裡，我們看不到駱駝。」

珍妮皺起眉頭，她想到那個足有四百八十一英尺高的金字塔是用兩百五十萬塊大石頭堆起來的，書裡說，每塊石頭平均起來有兩噸半重呢！沒有駱駝幫忙，工人們、奴隸們要用什麼辦法把這些石頭運到吉薩，堆成金字塔呢？

「多半是肩拉手推，古代埃及人已經會使用小船和滾木，尼羅河也幫了很大的忙。」媽媽講給她聽。

「為了什麼呢？只是為了『住在』金字塔裡面的那個人要『尋求永生』嗎？」珍妮又問，「真的有永生嗎？」

爸爸媽媽用了好一會兒功夫解釋說，古埃及人想，月亮缺了之後會再圓，尼羅河水落到河床之後會再次氾濫，樹葉落了會長出新葉，小草枯黃了會再冒出新綠，人當然也會「不朽」。首先得把人的身體保存好，所以有「木乃伊」，還得保存在一個「安全」的地方，這才有了為法老王建築的金字塔。

媽媽最後說，要謝謝拿破崙，他征服埃及的時候帶去了學者、技術人員，這才使得世界上出現了「埃及學」，人們才能從碑文上的希臘文解讀埃及文再進一步解讀象形文字，一點一滴的了解古代埃及的情況。這個了解的過程不過是最近兩百年的事，和埃及數千年的漫長歷史相比真是很短很短啊。

雖然不能看到駱駝，珍妮對「埃及學」卻有興趣，還是跟著父母去參觀了這個展覽。她站在一隻用黃金和青金石做成的巨聖甲蟲面前，聽到一個男孩子在問大人：「駱駝在哪裡？」的時候，她笑了。

那不是電影情節

在美國，高中三年級的學生每天必須閱讀報紙頭版，對國家政治、經濟、社會的各個方面有相當的了解，對聯邦政府和地方政府的各項政策有所涉獵，並且要寫出書面報告，提出自己的看法、意見和建議。這是學生們的重要課業之一。

最近幾天，安捷的注意力完全集中在「槍擊」事件上。他不但研究家裡訂的《華盛頓郵報》，他也奔到圖書館去，研究相關的法律，這兩天他常常在電腦前對照各種資料，冥思苦想，直到夜深。

自從上個星期三開始，在不到一週的時間裡，在離我們家三十分鐘車程的馬里蘭州蒙哥馬利郡連續發生槍擊事件，已經造成六人死亡、兩人重傷。受害者有男人有女人，有白人有黑人，有印度裔也有拉丁美洲裔，有二十幾歲的年輕人也有七十多歲的老人家。

尤其是星期四那一天，早上七點四十一分、八點十二分、八點三十七分、九點五十八分，在這樣短的時間裡，在商店門口、在加油站、在郵局門口，在人們最常往返的地段，兇手由三百英尺左右的距離，以帶瞄準鏡的來福槍射擊，都是一槍斃命，也都是打一槍換一個地方，並沒有目擊者看到兇手。昨天，一枝槍口瞄準了一個走近校門的十三歲的男孩子，一槍將他擊成重傷，現在還在搶救中……

這一切都不是電影情節，而是發生在普通人身上的嚴重事件，已經造成了家庭的不幸、社會的不安定。更嚴重的是，到今天（二〇〇二年十月八日）為止，我們還不知道兇手是誰，不知道他或她的下一個目標在哪裡，不知道要怎樣防範可能來自任何方向的、遠距離的攻擊。

社會大眾不能不想到一個老問題，一個被大家討論了很多年的問題，就是槍枝的管理問題。普通老百姓是不是應該有權利輕易取得槍枝，槍枝是不是應該隨意買賣，到底什麼樣的人才可以擁有槍枝，如何監督？

近年來，要求槍枝嚴格管理的呼聲很高。聯邦政府並沒有法律支持或是反對這種呼聲。能否擁有槍枝，端看各州的州法。馬里蘭州有相當嚴格的法律限制人們擁有槍枝，但是，在百貨商場憑一張駕駛執照和有沒有犯法紀錄的電腦檢測就可以輕鬆購買槍枝的情形下，肇事者多麼容易帶著槍枝子彈進入馬里蘭州濫殺無辜！再說，在美國這樣一個多元化的國家裡，善良百姓有沒有權力用槍枝來保衛自己的家園、家人的生命安全呢？當歹徒衝進人們的家為非作歹的時候，人們當然有權奮起反抗，那時候，他們多麼需要一支槍！所以，也有很大數量的人群反對關於購買槍枝的嚴格限制。

爭論仍然在進行中。我目送安捷開車徐徐倒出車庫，他去上學、去社區圖書館、他也需要為車子加油，他將出現在所有已經不再安全的地方。而我卻沒有半點辦法為他抵擋來自陰暗角落的危險！

編故事的能力

貝蒂雙手一拍，胖敦敦的臉上滿是喜悅，「我的外孫女下週滿五歲了。女兒一家請我去住幾天，參加外孫女的生日聚會。他們請了二十多位小朋友。當然啦，家長們也都收到請帖了。」大家異口同聲表示驚喜。有人問：「妳為孩子準備了什麼禮物？」貝蒂似乎在等這個問題，喜孜孜地從購物袋裡抽出一個可愛的背包，上面繡著一雙粉紅色的芭蕾舞鞋。背包裡除了一雙真正的白緞舞鞋之外，尚有毛巾、髮帶、長襪之類少年舞者練舞時的必需品。大家又都一致讚美。又有人提出：「小舞蹈家在家裡有沒有機會練習呢？」貝蒂胸有成竹地告訴大家，去年秋天，她的女兒、女婿怎樣地大興土木，將後牆推出去，增加了一個巨大的房間：光可鑑人的紅橡木地板、整面牆壁的鏡子、沿牆設立的練功架；小舞蹈家有一個棒透了的練舞廳。而且，這次的生日宴就要在這間大廳裡舉行，其熱鬧是可以想見的。「哇！」大家都歡呼起來。終於有人問：「生日宴的菜單是不是妳親自擬定的？生日蛋糕呢？」貝蒂喜上眉梢，一一道來，連蛋糕上面將裝飾些什麼也都沒有遺漏。於是，我們面前幾乎逼真地浮現出一個十全十美的生日宴圖景，站在小壽星背後喜洋洋操持一切的，當然是遠道而來的外祖母。

在歡聲笑語中，貝蒂向大家告辭，她即刻就要上路了，在高速公路上得奔馳三個半小時才能抵達女兒家呢。「他們正在翹首盼望，不能讓他們等得太久了。」她向我們揮手道別，滿面春風地出門去了。

貝蒂走了，好像也把所有的快樂都帶走了，坐在我家餐桌旁喝下午茶的女人們一下子安靜下來了。我和貝蒂是初次見面，不禁為她擔憂，「她是迎著暴風雪開三個多小時車呢，不容易。」

大家互相看了一下，一位說：「她只是去郵局，把禮物寄出而已，然後就回家了。四個小時之後，她會從家裡打一通電話給妳，告訴妳她平安抵達了。妳千萬不能問她路況如何，因為沒有路況。」另一位說：「妳也千萬不能提到照相機，不要說帶照片回來之類的話。」第三位看我臉色不對就告訴我：「妳可以大談食物的採買、預備之類的話題，因為那『應該』是她明天一整天的工作。」

「所以，沒有生日宴。」我心灰意冷。

「有生日宴，只不過貝蒂並沒有被邀請。她女兒一家從來沒有邀請過她，有一次她冒冒失失自己上門，為女兒一家準備了晚餐，大家吃飽，她洗了碗之後，仍然沒有人說『留下來吧』，她只好在深夜裡去找一家小旅館過夜，第二天再開車回家。從那以後，她沒有真的再去過女兒家，外孫女也沒見過，要買什麼禮物是從電話裡打聽到的。」朋友回答我。「那麼，那個練舞廳呢？」我有點張口結舌。大家又交換了眼神，「貝蒂和她已經去世的先生勤儉度日，為女兒造過那麼一間屋，幾十年後談起來仍然歷歷在目。」

「現在，妳什麼都知道了，重點是妳得有一點編故事的能力，讓貝蒂覺得妳完全相信她的故事。否則她會十分的沮喪。」朋友們一再地叮嚀著我。

追尋那一片楓紅

美國東北部新英格蘭地區，包括羅得島、康乃狄克、麻薩諸塞斯、佛蒙特、新罕布夏、緬因這六個州。在美國版圖上，正好是東北角。時序進入十月，這一帶成為賞楓的天然大公園。人們只需要開著車子，順著高速公路，一路北上，就可以觀賞到層林盡染的美麗景致。那不同層次的金黃、橙紅、玫瑰紅、絳紫在深淺不同的綠色背景上渲染出的長卷往往使得開車的人們自然而然放慢車速。透過相機，大家更可以把那賞心悅目的美景留存在身邊，用來打開記憶之門。

我家的兩棵山茱萸葉子已經由綠轉紅，秋雨綿綿，那葉子猶如一串串熟透了的紫葡萄，飽滿欲滴。我們覺得新英格蘭的楓葉大概也紅了，決定開車向康乃狄克進發，尋找一片美麗的楓紅。

從維州穿過馬里蘭州，一路上，兩旁的樹木只是點染了梢頭而已，或紅或黃星星點點，調皮地閃爍在墨綠的背景上。

抵達賓夕法尼亞州名城費拉多菲亞，情況並沒有太大的改變。親友們紛紛抱怨，各種各樣人為的因素使得氣候變暖，眼看萬聖節就要到了，樹葉還沒有完全改變顏色。他們覺得非常抱歉，我們跑了這麼遠還沒有看見霜紅好像是他們的錯。

我們終於到了康州最北部，幾乎貼近麻州邊緣，一個風景如畫的小鎮因菲爾德，安捷的祖父祖母住在這裡，外子也是在這裡長大的，他熟悉這裡的每一種樹木，遂興致勃勃帶我們去找一片漂亮的紅葉。祖父卻告訴安捷，「除了銀杏葉已經轉黃以外，暫時恐怕還是見不到什麼紅葉，天氣實在是不夠冷，夜晚沒有霜。」

果然，除了金黃耀眼的銀杏以外，我們只在一片濃綠中發現一些小樹，葉子轉成鮭魚色，在陽光下閃爍如溫潤的琥珀，非常迷人。但是，沒有霜紅。

和親人歡聚兩天之後，我們向西南的匹茲堡進發。首先，安捷對著名的卡內基·米倫大學有興趣，因為這所大學的電腦科學專業舉世聞名。我們去看這所大學的同時也可能賞楓，匹茲堡市位於縱貫南北的阿帕拉奇山脈之中，山裡的氣溫通常會比較低，濃重的寒霜染紅樹葉的可能性也大些。

一路行來，只能用尚可來形容。樹冠色彩繽紛、亮麗炫目，然則少了深沉的紅色，景觀氣勢就不夠沉穩，並沒有給我們留下太深刻的印象。

校園卻莊嚴、雅靜，草坪青翠如碧玉，不見雜草更沒有半片落葉。參觀過程中看到校工開著小車無聲地經過，車上垃圾袋暢著口，裡面紅寶石般閃爍著的全是紅葉！可惜小車和紅葉一閃而過，連多看一眼的機會也沒有。

再也沒有時間留連，我們馳上歸途，抵達家門的時候，夕陽正從門前大楓樹枝葉間灑下來，抬頭望去，樹頂艷紅點點，一陣晚風吹過，幾片紅葉旋轉著，舞動著，輕輕悄悄落在長青灌木上。拾起來看，葉脈細緻分明的片片霜葉如同天邊輝煌的晚霞，卻又在方寸之間展現著無邊的風華。

葉片的尖端竟然還留有一星未被染盡的嫩綠，秋姑娘腳步姍姍真的是來了呢。

一人為大家，大家為一人

書店收銀處的櫃檯上放著一只小小的盤子，裡面有幾個一分錢或是五分錢的硬幣。這些小錢擺放在那裡，正是為了避免「一分錢難倒英雄漢」的尷尬，在美國各地的店舖裡司空見慣。一位少年人用十五元現金付書款，收銀員找給他三分錢，他把這三分錢悉數放進小盤子。站在他身邊的父親大為驚訝，當場發作，問他為什麼做這種「蠢事」。少年笑答，「一人為大家，大家為一人。」(One for all, and all for one.)

話音尚未落地，櫃檯裡外的人們都善意地笑了。很多顧客舉起手裡的書，收銀員也舉起收銀機旁邊擺放著的一本書，這些書都是法國小說家和戲劇家大仲馬的作品。書的燙金封面上，三劍客一臉調皮，正把三柄劍的尖端重疊在一起。少年人所說的這一句話正是大仲馬的名言。不識時務的父親居然嘟囔說，「大仲馬不過是一個通俗小說家。」人們根本不理他，只是和少年微笑道別。

要知道，這是二〇〇二年的深秋，對於大仲馬而言，是一段要緊的日子，他得再次「搬家」，搬進巴黎的萬神殿。從此以後，他得和法國的英雄人物們，《悲慘世界》的作者雨果、科學家居里夫人、反抗法西斯的領袖人物穆朗等人比鄰而居。

其實，大仲馬本人是不是很樂意搬這次家，沒有人知道。

大仲馬 (Alexendre Dumas, 1803–1870) 有黑奴的血統，一生行事風流倜儻。寫起小說來更是將歷史耍得團團轉，他以無與倫比的想像力貫穿小說情節，以十二分雄壯的氣魄和豪爽塑造小說人物。他筆下赤膽忠心的三劍客、敢愛敢恨的基督山伯爵早已在一百多年的時間裡，成為全世界讀者心目中的大英雄。然而，法國知識界從來沒有善待過這位寫了兩百多部作品的浪漫派大天才。一八七〇年，大仲馬在法國東北部去世以後，先是葬在一個臨時的墓地，十八個月以後才搬回老家維勒克特列特。當時的市長老大不情願，不但杯葛他的葬禮更不願意破費，這麼一來，一輩子出手大方的大仲馬，就在一個十分簡樸的墓地住了一百三十年。在他身邊的，有他的老父親和他大名鼎鼎的兒子，《茶花女》的作者小仲馬。

現在，大仲馬終於得到了遲來的光榮，住進了巴黎萬神殿，但是他卻不能和家人朝夕相伴了。再說，他的鄉親們兩百年來一直以他為榮，現在也不得不接受他搬去巴黎的事實，心裡當然也很矛盾。

對於現代讀者而言，大仲馬的書寫卻是意義非凡。

現代社會的人際之間疏離、冷漠，個人連「自掃門前雪」的興趣也沒有，多半都龜縮在自己的小天地裡過著「雞犬之聲不聞，老死亦不相往來」的日子，聽任世界一天天不再溫暖。

大仲馬的英雄們卻認為「一人為大家，大家為一人」乃天經地義，不容置疑。豈不是絕佳的救世良方！「通俗」小說有什麼不好？照樣感天動地！照樣「佳評如潮」！

說說 LAN Party

朋友打電話來約同去聽一場朗誦會，會後再一同去一家新開的葡萄牙餐廳吃晚飯。那是一個星期六下午到晚間的節目。外子和我正好沒有其他的安排，就準備依約前往。朋友又好心問道：「妳家那位十七歲的青年紳士有沒有興趣和我們一起去呢？」我隨口答說：「他去參加一個 LAN Party，正巧沒有空。」

這位朋友停了半晌，很氣餒地問道：「恕我孤陋寡聞，那 LAN Party 是個什麼東西？」我這才想起，朋友的孩子已經去唸研究所了，那個年齡的孩子沒有和電腦一起長大，不能算 e 世代，難怪他這位語言學博士不明白這個相當新的詞組。

我非常耐心地告訴他，LAN 就是 Local Area Network 的簡稱。他說他仍然一頭霧水。不明白這種電腦用語和一個派對有什麼關係。

我繼續努力，極其詳盡地告訴他這種派對的詳情細節。幾個十七歲上下的孩子，在其中一個孩子家聚會，每個孩子都帶去自己的電腦，包括硬體和軟件以及相關的各種電線、附件等等，足足一座「小山」。所以，參加聚會的孩子必須擁有屬於他們自己的個人電腦。主辦者的家長通常會把他們安排在寬敞的，有一張長桌子的地下室。孩子們抵達之後就迅速地把他們的電腦「聯接」起來，組成 LAN。若有五、六個以上的孩子參加聚會，他們會迅速上網，其遊戲會非常複雜而振奮人心。如果參加人數少於五個，他們就不上網，只玩多人可以參加的電腦遊戲，也能戰得天昏地暗，玩它一個不亦樂乎。

朋友小心詢問，如此大費周章的聚會，通常會進行多久呢？人數多的時候常常持續七十二小時，人數少，也能鏖戰四十八小時。我回答。

他們吃飯、睡覺的問題怎麼解決？朋友在電話中驚問。

我忍不住笑起來，謝天謝地，世界上有漢堡包和 Pizza 這些受 e 世代歡迎、「物美」而價廉的食物，家長只要每隔四、五小時記得打電話叫些吃的東西上門就皆大歡喜啦！至於說睡覺，沙發、睡袋都是好「床」。孩子們「衣不解帶」，累了就去睡一下，醒來再繼續，每二十四小時大約有個五至七小時睡眠也就很好了。

這個樣子不眠不休，眼睛要看壞的。朋友憂心不已。

現在的孩子可懂得養生學，他們在激戰之後常常還會休兵一段時間，看電視，看錄像，充分休息的不但是眼睛，還包括腦力。我照實回答。

朋友嘆息道，這種在家長眼皮底下舉行的活動，遠離菸、酒、毒品，還是不錯的。頓了頓，又小心問道，女孩子也參加嗎？

我告訴他，我兒子參加的這種聚會全是男孩子。聽說也有全是女孩子的。詳情不太清楚。

朋友哈哈大笑，提出最後一個問題，參加 LAN Party 的男孩子們需不需要攜帶盥洗用具？

一把牙刷而已！我好不容易才掛斷了這個長得不得了的電話。

無邊無涯的美麗

無邊無涯的美麗

什麼是世界？數學。什麼東西使得世界美麗起來？數學。什麼是人生最大的幸福？「發現」數學。

這些話是誰說的？二十世紀最偉大的數學家保羅・艾狄胥（Paul Erdos, 1913-1996）。

艾狄胥對於人類最偉大的貢獻，也許並不是他比歷史上所有的其他數學家們思考了更多的數學問題，也不是他獨自完成以及和別人共同完成的一千四百七十五篇學術論文，甚至也不是他在二十多個國家的最高學府「發現」並且認真幫助了許多年輕的數學家。

當人類文明在二十一世紀受到空前挑戰的時候，艾狄胥先生的生活方式，他對於「幸福生活」的理解和追求，才是最值得大家思考的。

艾狄胥是出生在匈牙利的猶太人，在他八十三年的歲月中，有整整六十多年，每天工作十九個小時。幾乎所有的時間，他都用來思考和證明數學難題。他一生居無定所，除了住在匈牙利的老母親，他並沒有別的家人。他不肯花費任何一點點時間去處理和數學沒有關係的事情。當一個人生活在世界上，無論他願不願意，都有一些事情必須要處理，比方說錢財、旅行證件、累積的資料等等。艾狄胥把這一切丟給朋友，尤其是錢財，他基本上留給慈善機構。對於學者孜孜以求的學術地位，艾狄胥的坦蕩襟懷非常罕見。「他願意和別人分享他的數學猜想，因為他的目的不是為了讓自己第一個去證明它。他的目的是有人能證明出來──有他也好，沒他也好。保羅是獨一無二的流浪的猶太人。他周遊世界，把他的猜想和真知灼見與其他數學家分享。」與他合作過的朋友這樣說。

艾狄胥不但勇於「發現神童」，而且他熱愛孩子，在他的「記憶庫」裡有上千個孩子。他弄不懂政治，不一定能把鞋帶繫得很好，但是他是小朋友們最親近的人。在他和孩子之間，語言之類的隔閡從不存在。

何以至此？一個旁若無人，能在大街上手舞足蹈、猛做數學的怪傑；一位在重要的數學會議上深深垂著頭，好像睡著了，卻辯說自己正在「思考」的天才；為什麼對數學和孩子們一往情深？

透過大量閱讀，掌握相當的人文知識以後。艾狄胥認定，數學是世界的本質，世界上的一切美麗都是架構在數學上的。數學是天長地久地存在著的，只是人類需要很長的時間才能夠一頁又一頁讀懂這部天書的一小部分而已。前人發現了的「真理」，在後來的閱讀中被推翻了，或者被部分地推翻了，人類就接近了真實的存在。無窮的猜想、證明的樂趣正在於此。而孩子們正是那將繼續迎戰難題的生力軍。

艾狄胥的追求和他對幸福的認知就是這樣純淨的。

就目前所知，人類生存的區域在地球上，數學所涵蓋的美麗領域卻遠遠超出此限，超出宇宙而伸展到無邊無涯的無限大。個人和小集團的名與利與其相比，豈不是渺小得連粉塵也不如了嗎？

艾狄胥離我們很近：他有一位工作夥伴，是臺灣數學家金芳蓉；他的故事有中文本，在臺灣商務印書館出版，每一家「誠品」都買得到；我們使用的電腦只需要兩個數字："1"和"0"。

自己的博物館

世間博物館何其多，「自己」的，卻只有一家，那就是世界四大博物館之一的紐約大都會博物館（The Metropolitan Museum of Art）。感覺親近的原因並不只是因為我是這家博物館的會員，而是「大都會」始終一貫的風格、氣度讓我覺得，那個美侖美奐的所在是最為忠實的朋友，也是循循善誘的老師，更是那些願意傾聽、善於傾訴、無所不在的藝術心靈長居的殿堂。

一九八六年，我們自遠東回到紐約，在上東城七十二街住了兩年。從家裡出門朝西、朝北走十幾個街口，就來到了大都會。這個博物館是私立的，有許多著名基金會的全力支持、數十萬會員的鼎力相助。然而，一百多年來，所有的資助者沒有在展覽的內容方面提出過任何的意見和建議。大都會的典藏和展覽由學者們的研究和討論來作取捨。學術獨立，在不受任何政治力量、經濟力量的干擾下，使得博物館胸襟博大，不斷得以典藏和展覽人類文明的各種燦爛成果。

當第一次走進大都會的時候，我就知道了，這裡才是我的家園——是我療傷止痛的地方，是我增長學養的地方，是我開闊眼界的地方，是幫助我保持生命熱度的地方。我馬上辦了手續成為大都會的會員。

從那以後，無論我們住在維州或是遙遠的高雄、遙遠的雅典，我都會準時收到大都會寄來的各種報告，圖文並茂的厚厚的bulletin，告訴我們，他們有怎樣的新計畫，實行起來需要多少錢，現在籌措得如何以及何時會有一個令人滿意的結果。當然，如果他們收購到了稀世珍寶或是某位大收藏家將收藏捐贈博物館，我們也會很快得到喜訊。更多的時候，他們會告訴我們某個極為重要的展覽即將開幕，千萬不要錯過。這些報告如同家書，事無巨細一一詳告，讓每一位會員了解家裡的新動向。十六年來，我幾乎沒有錯失任何重要的大展，和頻繁地收取「家書」絕對有關。

自己的博物館是如此體貼，我們雖然不再住在紐約，卻總是要創造機會回家探視一番。友人都知道，我回到曼哈頓，「第一站」通常是大都會。即使沒有特展要看，也得去探望一下老朋友，自然不會漏掉莫內、弗米爾、林布蘭、貝爾尼尼、拉斐爾、提香……。打了招呼之後，才能心滿意足地離去。

一天正在家裡埋頭寫稿，電話鈴響，「萬分抱歉，不得不打攪您。這裡是大都會博物館。」那頭一個十二分禮貌的男中音，「先要謝謝您十六年來的支持。另外，也要向您報告，我們從一位收藏家那裡借到幾幅達・芬奇的作品，我們準備安排一個午宴，飯後節目是請來賓親睹這幾幅稀世珍品的風采，可不知您能不能撥冗參加呢……」

除了感激，還是感激，親愛的大都會，我們自己的廟堂。

迷人的運動

此地的朋友都知道，想要約時間相聚，一定要避開星期四，因為這一天是我打球的日子。我出門旅行也多半會星期五出門，而在星期三之前趕回家；為的就是在球賽的日子裡，盡一切可能不要缺席。什麼球這樣迷人，這樣有吸引力呢？答案是保齡球。

保齡球(Bowling)是世界上最古老的運動之一，其雛形出現在五千年前的希臘，在美國的聖路易市還有一座保齡球博物館，詳細記錄這項運動發展的歷史。我二十年前開始打球，參加球隊，每年九月至第二年五月球季期間作個盡職的球員。之後就在每一個有保齡球館的城市繼續打球，沒有間斷過。打球打得最兇悍的時候是我們駐節高雄的三年，那時候，球友都比我們年輕二十歲，和他們在一起，我們自然打得又快又狠。

現在，我在維州參加的這個女子球隊有著悠久的歷史，球員的平均年齡在六十五歲以上，球員的平均成績卻在一五〇分以上。大家都是幾十年的好朋友，同享喜樂也共同分擔憂愁和煩擾。

球友好當然是一種吸引力，但是保齡球本身的魅力才是最重要的。世間很多運動要求運動員本身要有相當的體能條件，優秀的體操運動員大概二十幾歲就得「退休」更換跑道了。保齡球「顧名思義」，是一項可以數十年樂此不疲的運動。最重要的、最有趣的地方在於保齡球雖然有球隊，球隊的輸贏自然也會掛心，但是當球員站在球道上的時候，所要面對的只是那排成三角形的十個瓶子。目的極為單純，把球滾上球道，要那瓶子全倒。很多人低估了保齡球的難度，以為那是一項可以輕鬆取勝的單調活動，豈不知每次揮臂都會產生全然不同的結果。球員挑戰的對象正是自己，個人情緒穩定的程度，手、腕、臂、肩的協調，以及最重要的，精神的高度集中以及強烈的企圖心。這些要素在其他運動項目裡也是非常重要的，但是，在保齡球運動裡卻成敗立見，毫不含糊。

同樣的角度、同樣的力度、同樣的專注，球的速度卻不同，旋轉的方向也改變了，上一個球是全倒，下一個球卻七零八落。這幾乎是保齡球的常態，也是它的弔詭之處，更是它的魅力所在。

情緒極為愉快的好日子，奔往球館的途中一路綠燈，信心滿滿踏上球道卻很可能落了個不怎麼起眼的結局。左右看看，九十幾歲的老人家，路都走不穩的樣子，上了球道立見英雄本色，還是十四磅的球，走步揚臂一板一眼，球兒穩穩畫出準確的弧線，直搗摧毀瓶陣的要穴，瓶子全部傾倒發出乒然脆響。老人回轉身走下球道，慈祥地微笑著說道，不要沮喪，永遠有下一次擊球、下一局比賽、下一個球季。

名校

不必等到高中二年級甚至三年級才去考慮將要向哪個大學提出申請的問題，在美國一些很特別的家庭裡，某些學前托兒所似乎已經成為「駛向哈佛的直通車」，家長們不惜重金賄賂校方關鍵人物而使自己的幼兒擠進那裡，成為名校的「預備軍」。在最近的報紙上引起美國民眾的批評和討論。

討論也好、批評也罷，名校的吸引力依然不減，許多家長無論自己的經濟能力是否負擔得起每年四萬美金左右的學費，依然催促孩子SAT要考高分，球藝、鋼琴要有相當水準、在各種社會活動裡要有優異表現。一切的一切只為了一個目的：擠進名校，為賺大錢、出大名做好準備。

安捷進入高中畢業班，數學、英文一直名列前茅，擔任「機器人俱樂部」電腦程式設計師已經兩年，人人以為他必然申請麻省理工學院(MIT)。誰知，雖然他申請了著名的卡內基・米侖大學，但是他仍然申請了馬里蘭大學、維州理工學院、甚至「名不見經傳」的公立大學——喬治・梅森。大家驚訝不已，怎麼可以放棄MIT?!安捷平靜告訴大家，他要唸的是「電腦科學」專業，MIT雖然是名校，卻不是此一專業的最佳學府。他的導師支持他的選擇。

事實上，安捷和他的朋友們成長的道路有所不同，作為外交官的孩子，他十八個月大的時候進入享有盛名的紐約聯合國國際學前學校，和不同國家的外交官子弟一同遊戲、成長。三歲以後，除了在美國的時間以外，無論我們派往遠東或是歐洲，他都不得不進入私立的美國學校或是國際學校以持續教育。返回美國定居之後，他周圍的同學、朋友都沒有太多私立學校的經驗。對於私立學校和公立學校，安捷卻能夠感覺其不同。他常常懷念私立學校的小班授課、嚴格管理。他也感謝公立學校給他更多的機會接觸社會、了解人生。

最近，在他寄出所有的申請之後，他很開心地告訴我，在比較和選擇學校的過程中，他最重要的收穫是不要強迫自己去適應任何一個階層、任何一種團體，而是專心「做自己」，讓自己在學習中成長，發揮出自己的潛能。

安捷的好朋友邁克的父母責怪邁克成績不夠好，「沒有野心」，沒有擠進名校的衝勁，給邁克心理上造成了極大的壓力。邁克心情沉重地來到我們家，希望安捷可以給他一些幫助。兩個少年人在人生的重要轉捩點互相鼓勵，交換著資訊和心得。安捷跟邁克說了一句話，這句話讓邁克豁然開朗，「名校很可能讓你很快出名，但是它們絕對不敢保證培養你成為一個好人，更不敢說你一定會成為一個快樂的好人。」前不久出現「安隆」事件，公司高階層人員營私舞弊嚴重侵吞投資人利益。看看那些不法分子吧，幾乎清一色名校出身！似乎正是印證。

他們正談著，喜訊傳來，維州州立喬治・梅森大學的一位教授榮獲二〇〇二年度諾貝爾化學獎！安捷笑著直拍邁克的肩膀，「你的教授很可能是諾貝爾獎得主，這一下，你的父母一定不著急要你申請史丹福大學了！」

邁克頓時輕鬆下來，笑得開心不已。

藝術與法律

每個月收到《藝術和古董》(*Art & Antiques*) 雜誌，總是興致勃勃從第一頁仔細看起。這本在亞特蘭大出版的雜誌內容豐富之極，不但有各種畫展、藝術品展覽以及拍賣的翔實資料，更有藝術品流向的跟蹤報導，美國和歐洲以及世界各地重要博物館、美術館的最新動向。對藝術品年齡與質量的鑑別也是重要的、不可或缺的參考文摘。當然還有大收藏家們的收藏、捐贈以及將個人收藏公開展出或乾脆變成面向公眾的博物館等等振奮人心的舉措，讓藝術品愛好者們快樂無比。不等放下雜誌，很多人已經開始計畫，下一個週末也許應該飛到某地或坐火車、開車去那裡，去看一張心儀已久的名畫、去看一批珍貴的收藏，或者去看一件失而復得的藝術品。

失而復得？是的。在雜誌裡，每個月都會出現有關「丟失」和「尋獲」的小小通告而使熱愛藝術的讀者為之心情起伏不定。這個欄目叫做「藝術罪行」，報告被劫走的藝術品的相關內容，包括作者、標題、尺寸以及藝術品丟失的地點。雜誌也會昭告聯絡電話。事實上，藝術品丟失的情形一旦上了這本雜誌，等於全世界的畫廊界、收藏家、藝術品市場全都了解了這件事。被劫掠的藝術品只能在暗中買賣，再也見不到天日，更談不到展出、與廣大藝術愛好者見面了。

二〇〇二年二月，莫迪里亞尼(Modigliani Amedeo, 1884–1920)極為著名的油畫作品〈少女肖像〉（創作時間 1918–1919，畫作尺寸二十四英寸高、十五英寸寬。）在從紐約市運往西班牙首都馬德里途中不翼而飛。風格獨具卻英年早逝的義大利天才畫家莫迪里亞尼的重要作品失竊在世界藝壇引起震動，大家傷心不已、憤怒不已。萬幸，數月之後，在馬德里近郊一個廢棄的倉庫裡找到了這張名畫。熱愛莫迪里亞尼的人們總算鬆了一口氣。同年四月在紐約丟失的 Atonio Stradivari 於一七一四年製作的名琴 "Le Maurien"，運氣就差多了。雖然懸賞十萬美金，至今仍然沒有找到任何線索。於是，世界上少了一把至關重要的小提琴，世界上少了那最為甜美的聲音。

人們永遠無法忘懷的一件藝術犯罪行為發生在波士頓的嘉德納博物館（Isabella

Stewart Gardner Museum)，這裡的館藏極為精美。一九九〇年早春，價值三億美金的藝術品被劫掠。其中，〈加利利海的暴風〉是林布蘭唯一的海景作品，他的另外兩幅作品以及狄加和弗米爾的作品同時被捲走。另外，還有一件中國商朝的青銅器也被劫走。七年之後，一個正在服刑的罪犯和一個藝術品經紀人居然通過律師表示，願意提供這批珍貴藝術品的下落，條件是五百萬美金和免除刑責。

這個「以盜易盜」的計畫撞上了法律，自然是行不通的。

現在，這批藝術品的下落仍然是謎。每次走進嘉德納博物館美麗的展廳，面對曾經懸掛名畫的白牆，心碎不已。衷心盼望著，有朝一日它們會回到這裡。

假面人生

外交圈的生活，外人看來自是色彩繽紛。圈內人相聚，卻是另一種局面，甘苦自知。一般來講，分享快樂的時候多，分擔苦惱的時候少，推心置腹的機會幾等於零。

送舊迎新是外交圈常課，不止是時間方面的，更是人事方面的。世紀交替時分的華府分外寒冷，不止是天氣方面的，更是政權交替時分，那一種徹骨的寒冷。

一些人八年前丟捨了高薪，丟捨了在自己專業領域裡馳騁的種種樂趣，離開了自己熟悉的大城小鎮來到了華府，陪伴聯邦政府度過了起起伏伏的八年歲月。時間、精力、金錢、事業方面的損耗無法計算。現在，他們當中的一部分要離開了。代替他們的人已經進入華府，正在安營紮寨，準備開始最少四年的華府生活。當然，也有一些人並未真正離開，他們不再掌權，但他們轉入民間，他們相信，四年後，機會將再次降臨。

天寒地凍，暴風雪肆虐使得前來華府的人來得十分辛苦，使得離人也走得相當艱難。夾在當中的我們工作量倏地增大數倍，機場、車站之間的道路被我們的車輪無數次輾過，我們不斷調動所有最具希望的理由回答同一個問題：「何時可能安頓下來？」

被新政府選中的當然不是等閒之輩，他們也都具備頑強的鬥志，並不讓焦慮佔據其思路，一邊找房子安頓家人一邊進入情況，迎戰新政府面對的一切難題。

進入新紀元，我猛然發現，「迎新」依然方興未艾，「送舊」卻日見稀落，一些每天見面的圈中人已經不見了。我向一位尚可談談的熟人詢問究竟。

她沉吟半晌，終於下定決心，規勸我一番。

正在離開的人們，他們不是去受難，他們回老家之後，賺的錢絕對比我們多，日子絕對比我們輕鬆。此其一。

離開的人們多是明知在華府政治圈子內不會再有大作為的人。可以肯定，他們不會再回來，也就是說，我們永遠不會再看到他們。此其二。

最後她語重心長地點明：

外交生涯是一種「假面人生」，用不著太多的熱情和真誠。大面兒上對付得滴水不漏就是極大的成功，犯不上費心太多。

聽完這一番宏論，我只覺得本來溫暖如春的室內和戶外一樣寒冷。我忽然了解近二十年來，外交官的太太們互相推諉什麼任務的時候，常會笑指我說：「她精力過人，請她幫忙沒有不肯的。」原因卻在她們有著完全不同的價值判斷。

兩人正尷尬著，電話鈴響，竟是一個即將離去的家庭需要一點援助。這位熟人非常親切地回答：「我真希望我能幫得上忙，可惜我的時間已經約出去了。」我的回答沒有那麼婉轉，聲音更缺乏甜美，只有四個字：「我馬上到。」

滴水成冰的天氣。紅色福特金牛在坡道上大聲喘氣，我拍拍方向盤：「好朋友，加油。」猛踩油門，在溜滑的道路上，金牛大吼出聲，終於衝了上去。

什麼「假面人生」，我才不相信。真誠能夠融化由金錢、利益、權力凝結起來的任何堅冰。在奔向那素不相識且今後恐怕再無緣相見的那一家人時，我腦子裡只有那一個念頭。

初次相見

時序進入十二月，打開收音機，溫暖、動聽的聖誕音樂瀰漫在每一個空間，提醒著大家，是節日了呢，一年一度的聖誕佳節就要到了。各個社區張燈結綵，把漂亮的裝飾都懸掛起來，園藝中心更加忙碌，大批新伐下來的聖誕樹在根部灌了水，亭亭而立，等待著歡天喜地的大人孩子們把它們帶回家去妝點起來。

在維吉尼亞州的軍港諾爾弗克，聚集著一一五位年輕的媽媽，抱著一一五個嬰兒，他們正在翹首盼望喬治・華盛頓號航空母艦。軍艦上一一五位新科爸爸也正焦急地盼望著早一點抵達軍港。

在反恐怖主義的多國聯合軍事行動裡，年輕的準爸爸們沒有等到自己的孩子降生，就匆匆地趕赴反恐前哨陣地。現在，第一艘返航的軍艦把他們帶回祖國、帶回親人的懷抱。在二〇〇二年的聖誕假期，他們在軍港和他們的孩子們初次相見。

世界上大概沒有什麼照片比這樣一個鏡頭更美麗了。

一位海軍士兵，制服前襟上別著「新科爸爸」(New Dad) 的證章，正凝神端詳抱在手上的兒子，兒子圓圓的藍眼睛裡滿是驚喜，笑容滿面地看著爸爸。爸爸出遠門執行任務的第四天，兒子就來到了這個並不太平的世界。今天，兒子滿六個月，卻才是第一次見到爸爸。父子相望，深情依依。

這張照片刊登在十二月二十一日的《華盛頓郵報》上，不知觸動了多少善良人的情感。

這一一五個家庭裡的甜蜜和溫馨得到了全國老百姓的祝福。

在那些閃爍著溫暖燈光的寓所裡，年輕的軍人第一次握住孩子的小手，把一個美麗的掛飾掛上聖誕樹；孩子第一次和父親一同聆聽溫柔的聖誕歌聲，第一次聽到父親唸床頭故事，第一次在父親的注視下甜甜入夢。

這些「第一次」將無數次重現在這些家庭的記憶裡，成為最最珍貴的財富。

要不了多久，父親們將重返戰鬥崗位，他們無法親眼看到孩子們的成長。他們只能捧著孩子們的照片，想像著他們的骨肉如何歡笑、如何學步、如何開口說話。父親們只能在有限的假期裡「惡補」孩子們的成長過程。這就是軍人家庭為國家、為和平所做出的犧牲和奉獻的一個部分。

二十一世紀降臨人間，人類帶給新世紀的卻是殺戮、驚懼、惶急和不安。維護區域和世界的和平成為更加艱辛的任務。美國和盟國必然投入更多人力參與反恐怖主義行列。我們企盼，初次相見的親人們有更多機會相聚。

我們祝福他們，早日得以長相廝守，不再分離。

FAO 懷想

在每一個逛街的日子裡，早已不再進玩具店的安捷，仍然會提出想到 FAO 去走一走。到了那裡，身高六呎四吋的安捷會和小朋友們一樣，看著身邊的玩具，露出幸福的表情。

FAO Schwartz 是一家老店，其總店座落在紐約曼哈頓第五大道上，像宮殿一樣雄偉，那裡是每個孩子嚮往的地方，是孩子們的天堂。

FAO 寓教於樂，走的是精緻、高雅路線，與大賣場般的玩具反斗城有很大的不同。走進大門，巨大的音樂鐘有著一張笑哈哈的娃娃臉，一邊播放著節奏明快的樂曲，一邊眨著眼睛表示歡迎。踏上電動扶梯，架設在空中的軌道上，小火車正嗚嗚叫著，輕快無比地盤旋向前，孩子們的目光追隨著小火車，同時也看到了無數形形色色的玩具，它們不是密封在盒子裡，而是擺放在合適的位置上，孩子們馬上可以「各就各位」選取自己喜歡的玩具，先玩一個不亦樂乎。

不到兩歲的安捷站在電動扶梯上，一直抬頭望著高處堆積成金字塔的積「木」。這些米黃、荳青、粉紅、天藍的方塊、三角、圓柱並不是用木頭做的，而是一種輕巧的化學產品，所有的邊緣都失去了棱角，不會給幼童帶來任何危險。這些積木來自瑞典，相當的昂貴。安捷撲了過去，迅速而準確地用黃、藍兩色「建築」起一座危樓。那樓宇已經高過他的頭頂，他踮起腳尖，努力把一個三角形的「頂樓」放上去，終於連人帶樓轟然倒塌了。安捷是一個安靜的孩子，在家裡從來沒有製造過這種「巨響」，一時驚呆了。我擔心孩子受驚嚇，又擔心店家不開心，多少有點尷尬。還沒有來得及動作，一位年輕的女服務員已經訓練有素地把安捷從坍倒一地的「磚石」中抱了出來，他們馬上開始新的更巨大的工程，安捷不時興奮地歡呼、大笑，開心得不得了。

「童年是很短的，給孩子們快樂是我們最重要的工作。請不要擔心，讓孩子玩個痛快。」不知什麼時候，兩鬢斑白的經理先生已經站在了身邊，善解人意地勸慰著我。看到他笑容裡的真誠和欣慰，我終於輕鬆下來。

告別之前，我為安捷買了中型的一盒積木，經理先生笑問孩子的生日，我也誠實回答，以為是一種「市場調查」。

兩個多月以後，安捷滿兩週歲的這一天，我帶他出門散步回家，寓所大樓的守門人很親切地遞給安捷一個包裝精美的盒子，並且祝他「生日快樂」。

看到包裝紙上那隻著名的搖搖木馬，安捷快樂大叫："FAO!"真的，那是來自FAO的生日禮物，一小盒積木，美麗的「門」、「窗」和「頂樓」，和安捷心愛的積木配套。

在我們搬離紐約之前，安捷繼續收到FAO的生日禮物，當然，我們也早已成為FAO的常客。

孩子不可能記得兩歲時候的趣事，但是那樣一種令他安心、令他舒適的氛圍卻會長久地銘刻於心，不再忘懷。

臥虎藏龍

曾在臺灣、香港和廣州駐節的L先生已在年前從外交行列退休了。他們自我期許甚高，覺得自己不但是「中國通」，而且對中國人有感情。中國的傳統節日自然也不輕易放過，也要熱鬧一番，顯示一下自己的與眾不同。

時序進入臘月，L太太就催我排出時間，帶她採買年貨。每年她必得買個「福」字，倒貼於大門之外，取個「福到」的吉利。

維州「金山食品行」的老闆是臺灣人，其貨源則囊括海峽兩岸、大江南北，真正是應有盡有。

我們兩人推著小車在「金山」的貨架之間尋尋覓覓，什麼烤麩、梅乾菜、香菇、金針、紅棗、蓮子之類必不可少，「福」字也買了好幾張，準備一直貼到開春。我還在東張西望，L太太好奇地問：「妳找什麼？我幫妳。」

「漳州水仙。」我頭也不抬。

「水仙就是narcissus，美國的園藝公司應該買得到。」L太太很內行地回答我。

「漳州水仙一個有這麼大，稍切一下，分出的芽更多，開起花來，那個香啊！」我沒說出口的是，此地「水仙」，長得高高的，一把蔥似的，開了花，一股子藥味，哪裡是什麼水仙！

「過年好！您找水仙啊，今年怕是要遲些日子了，過幾天，您再來看看，說不定就到了。」

肉案子那邊，聲如洪鐘般地，來了那麼一嗓子。我趕緊回頭。「師傅，謝您了。」

「這邊兒，您要帶點兒什麼回去吧？」身著藍布圍裙，頭髮抿得一絲不亂的肉案師傅笑著問。

「兩磅去頭大蝦，一磅絞肉，一磅牛肉絲。謝您啦！」我這邊兒也熱熱呼呼。

「離開大陸之後，我就沒有聽見人稱別人『師傅』的。在大陸，售貨員一張臉拉得多長，不叫他一聲『師傅』，他就不搭理人，到了美國，還是這個樣子嗎？」L太太大惑不解。

我也笑笑：「您這話可就遠了。這位『師傅』在大陸並不是商店的售貨員，他可是一位名角兒。一齣《林冲夜奔》醉倒多少戲迷。您剛才沒聽見他說話嗎？怕是食品行外頭的人都聽得字字分明。」

未等L太太回話，那師傅已然將包好的肉品交到我手上，一臉的笑：「好漢不提當年勇。但凡有一點兒指望，誰願意背井離鄉？大老遠的，在這新大陸滿世界找漳州水仙，您說，是不是？」這一回，他是面對著L太太了。

「您既然唱得這麼好，想來下崗之類的不愉快也就輪不著您了，何必大老遠的在這兒賣肉呢？」L太太不愧是中國「通」，還知道「下崗」。

「下崗輪不著我，這話不假。可輪得著我的孩子們。大老遠的，跑這兒賣肉不就是為了孩子們的前程嗎？」師傅不再笑臉迎人，一字一頓。眉宇間卻浮上一層「虎落平陽」的憂憤。

我誠心誠意地問候了師傅一家老小，祝他們新春萬事如意，這才告辭。

出得食品行，L太太意猶未盡：「想不到的，肉案子後邊兒站著位京劇名角兒，什麼時候兒，邀他清唱一回？」

我忍不住多說了幾句：「新移民，真正是臥虎藏龍，妳不敢輕慢了任何一位。他們肩上的負荷，心中的悲苦車載斗量啊！我們誠誠懇懇叫他們一聲『師傅』，是理所應當。明白了這一層，離所謂『中國通』才近了一步。」

L太太一路無話，她聽進去沒有，不得而知。那「福」字在她家門楣上倒是鮮亮了好些日子。

銀色聖誕樹

清早，我剛剛開門從車道上拿了報紙回家，鄰居瑪爾薩就來敲門了。看她一臉愁容，就端一杯咖啡給她，靜靜等她開口。原來，她那十三歲的兒子湯姆拒絕跟爸爸一起去農場砍一棵松樹來做聖誕樹，理由是「環保」。人人都知道，售賣松樹的農場採取土地輪替制，科學管理。不同的區域裡生長著不同樹齡的小樹，七歲的「老」樹才能供應客戶。農場在樹木砍伐後會種下樹苗開始另一個七年的養育，農場的土地永遠綠意盎然。湯姆強調「環保」而拒絕去砍樹，恐怕還有更深的理由。瑪爾薩曲曲折折地表示，她擔心的是從此以後，湯姆可能會遠離基督教，而變成一個「沒有信仰的人」，那是很嚴重的事了。

其實，裝飾「聖誕樹」的歷史可以回溯到古羅馬時代，那時候人們冬季的節慶為的是來年風調雨順、五穀豐登，農業之神薩突爾努斯(Saturnus)受到崇拜是很自然的事情。

樹上的裝飾也只有金屬小飾品。中世紀的歐洲在十二月二十四日在四季常綠的小樹上裝飾蘋果，象徵最早的人類亞當和夏娃，這才有了一點宗教色彩。

出售聖誕樹，這樣一種商業活動出現在一五三一年，昔日之德國、今日之法國的奧薩斯(Alsace)。大家把樹買回家，不加裝飾地豎在壁角，取個四季長青的吉利。

最富有浪漫色彩的民間故事出現在十六世紀。一位名叫馬丁路瑟的農人，在一個繁星點點的深夜走在松樹林中，得到靈感，為什麼不把這美麗的景致帶回家呢？說服了家人之後，他用蠟燭來妝點砍伐回家的一棵松樹。相傳他是最早讓聖誕樹閃閃發光的人。在聖誕節，電視臺還常常要製作節目，一再地重複這個美麗的故事。

但是，路瑟先生的創舉並沒有馬上發揚光大，要等上一百年，德國人和法國人才用紙花、蘋果和蠟燭裝飾聖誕樹。而且在十七、十八世紀的奧地利和德國，大家都喜歡把小松樹頭下腳上地吊在客廳角落裡，蠟燭當然不可能再用，只好用堅果、蘋果和紅紅綠綠的彩帶來代替。

十八世紀中葉，聖誕裝飾在美國東北部賓夕法尼亞出現，在德國移民聚居的地區，餐桌上用松枝紮成圓環，環中以蠟燭做裝飾，這個傳統保持至今。現在，很多美國家庭不再裝飾新鮮的聖誕樹，卻仍然用松枝、綵帶紮成圓環懸掛在門窗外，亮麗、雅致，成為聖誕節獨特景觀之一。

所以，事實上，裝飾聖誕樹的傳統與宗教並沒有直接的關係，而且，最早裝飾室內長青植物的人們更不是信仰基督教的人們。「聖誕樹」本來的意義只是豐足、平安、祥和而已。直到「聖誕節」確立之後，美麗的聖誕樹才和宗教產生了關聯。

這樣一個過程，瑪爾薩當然是清楚的，只是習慣成自然，家裡年年過聖誕節，裝飾剛剛砍伐下來、帶著濃濃松脂香味兒的聖誕樹，成為節日的一部分，甚至被賦予了宗教的意義。孩子不願意繼續延續這個習慣，也就變成了父母的憂慮。

現在，美國家庭裡只有百分之四十六裝飾新鮮聖誕樹，百分之二十八裝飾人造樹，百分之二十六完全沒有樹。我家二〇〇二年就裝飾了一棵不到四英尺高的銀質「小樹」，懸掛了幾十個美麗的彩球。將「繁星」和「雪景」全都凝聚在內了。

看著這棵氣派非凡的銀色聖誕樹，瑪爾薩若有所思。

年年有餘

剛剛進入高中只有半年的海倫帶了一本筆記本在圖書館裡查找有關中國人過年，也就是西方人稱之為“Chinese New Year”的農曆新年的各種習俗。

看她用影印機複製中國人剪窗花、寫對聯、掛燈籠、做年菜、給孩子們壓歲錢、全家團圓吃年夜飯、守歲、拜年、舞龍舞獅等等年節活動的圖片，就很熱心地問她，要不要幫忙。

海倫偏著頭想了一想，又靜靜地看了看我，很小心地問：「我收集到的資料，都是在臺灣出版的，圖片生動、鮮艷、美麗。中國大陸出版的，用語不同，多半是剪紙和彩繪，不是攝影。圖畫上的人物還穿長袍、馬褂，頭戴瓜皮帽。北京、上海我都去過，沒有人穿這種衣服。這些資料是不是都是舊的呢？中國大陸的人是不是已經不過農曆年了呢？傳統習俗是不是已經沒有了呢？」

我當然知道答案，但是要怎樣用一個清楚明白的句子讓一個西方孩子了解，在無數政治運動中，傳統文化和習俗已經在那塊廣袤的土地上消失了長長的數十年，即使想要恢復也是相當的困難？於是我給她講了一個詞組，叫做「過一個革命化的春節」。這個口號在中國大陸盛行過很多年。在這個口號底下，分居在不同地方的家人不能請假團聚，只好繼續在自己工作的地方過集體生活，甚至加班加點，以突出「革命化」。但是，在傳統文化裡，年節卻是親人團聚的重要節日。

海倫很懂事地點點頭，「政治人物都說『一個中國』，我和我爸爸都覺得有三個中國，一個是傳統中國，有五千年文明歷史。一個是ROC，現在在臺灣，保持傳統文化，是一個民主、自由的好地方。我們去那裡會覺得很自在，如果停留不超過三十天，不需要簽證。這兩個中國都對世界貢獻很大。」她微笑，「第三個中國是PRC，我們不太懂得那個地方，不太懂得那裡的人。我們從書本上學習的中國文化傳統在那裡很難看到。去那裡，一定需要簽證。」說了長長的一段話，海倫臉紅紅地看著我，「也許我們的看法太西方，太孩子氣。」

我搖搖頭，問她，「妳和妳爸爸還常常去遠東嗎？」海倫回答說，「爸爸公司需要的時候，他才會去。如果正好是暑假，我們就一塊兒去。很希望有機會到臺北去過一個真正的中國年。」我笑說，「妳如果在臺北過年大概會收到好多壓歲錢。」

「我要辦一期牆報，標題最好用中國字，您幫我想一個好嗎？」海倫要求。

「年年有餘，適用於『三個中國』，是所有中國人的期望。」我回答。

農民曆

美國西北航空公司在東、西兩個半球之間像一道彩虹一樣帶給飛行的旅客們好的信譽、好的服務。就是人們不飛的日子，西北公司也會想辦法提醒大家，記得他們的諸般好處。

二〇〇二年歲末，我們收到了西北公司贈送的大型年曆，大紅封面上一個金色的福字富麗堂皇，好不喜氣。我馬上把它張掛在廚房裡，大家進進出出的必經之路上。我一邊把年曆掛起來，一邊絮絮叨叨地自言自語，並不指望正在看報紙的外子會表示意見。

「這個福字真是好，半邊是鳳，半邊是龍，多麼神氣！背景上的『福祿壽』用不同的字體撰寫，古意盎然！右上角一塊金色『漢瓦』，上書『福壽康寧』，多麼貼心！左下角金底紅字『大吉大利』，天天看著這幾個字，血壓也會恢復正常了。」我正嘮叨著，外子已經站在了身後，他仔細看了看年曆的內容，很開心地指出：「這是一本農民曆，內容有趣得很。」

可不是嗎！除了月份、星期的部分英文在先、中文在後，以及美國的節日以英文標明以外，每一天的格子裡都用中文寫清楚這是一個什麼樣的日子，什麼該做什麼應當避免。簡直就是一本簡單明瞭的黃曆。美國從一七九二年起，每年九月在新罕布夏出版 *The Farmers Almanac*，內容包羅萬象，天象、氣候、農事、節慶，甚至菜譜都包括在內，實在是農家必備之書；所以外子覺得這本年曆就是中文的「農民曆」了。

就拿元旦（星期三 WED）這一天來說，方格子裡的內容包括：二○○三年一月一日，New Year's Day，壬午年十一月二十九日，「狗日沖龍年生（歲煞北沖十五歲龍）」，「宜祭祀、捕捉、祈福」，「忌嫁娶、安葬」。

外子說：「我們家沒有『龍』，問題不大。元旦安排一個茶會，大概也還好。」接著，又殷殷探問，「妳啟程去臺北的時間已經定了，那是個好日子吧？」我們趕快翻到那一頁，上面說「宜遠行」。更妙的是，我抵達臺北的日子竟然是個「諸事可行」的「黃道吉日」！倆人遂開心不已。

聽我們說得熱鬧，兒子安捷也擠了過來，一頭霧水地聽我們解釋給他聽，明年癸未是羊年。羊年沖牛，我家兩位男士都屬牛，我趁機再囑咐安捷開車小心、交友小心、上大學之後飲食、寒暖，諸事小心……。安捷一一點頭稱是，只是笑問他的生日是不是一個好日子。得到滿意的答覆就開心地笑。

不懂中文的安捷很快認識了「牛」字，也明白了當這個字放在句首，必定是「牛日沖羊年生」，應該是他的「好日子」。

他甚至悄悄在我耳邊說，「牛市」是「買進」的意思，逢「牛日」他會特別注意股票行情，看到父母張口結舌的滿面驚詫，他調皮一笑：「我會小心啦！」

這可真是「中學西用」的好「範例」了！讓謹言慎行的父母跌落了眼鏡。

年度好書

邁進書店的大門，迎面就是一個「品」字形的方陣，上面平放著或者封面朝外地站立著二〇〇三年一月剛剛出版的新書，文學類和非文學類交相輝映，顯示著出版界對新的一年的企盼和不肯動搖的信心。這一天是一月二十號，一個飄雪的日子，一個普通的星期二。

在新書的中間，或者說在一系列與「九一一」相關的巨型精裝書的中心放著一個透明的投票箱，上面工整大寫「年度好書」，裡面五顏六色的「選票」折疊成小小的方塊已經堆成小山，愛書人已經在短短二十天裡開始了這一年的票選。

我走過去，從口袋裡掏出一張在家裡細心寫就的淺藍色選票，上面有書名、書號、出版社、出版日期，以及用一個句子說明我對這本書的熱愛程度。我選的書是紐約PIC-

ADOR 出版社今年的出版品 *THE PIANIST*，這是一本根據真實事件寫成的書，記錄了一位猶太鋼琴家從一九三九到一九四五年間在華沙度過的日子。

很多讀者是因為著名的電影導演帕蘭斯基將原著改編成同名的電影，這才來尋找「原著」，他們在「新書」區域轉了又轉，好不容易在平放的書陣邊緣找到這本黑色封面的小書，樸實的平裝本。

這本小書在新年期間卻變成了沉重的鉛塊，在我的書桌上詳細訴說著，第二次世界大戰期間，蕭邦的故鄉怎麼變成了死亡之城。這本小書又像一個火種，在一年伊始的日子裡，帶給我希望，告訴我這個世界仍然有救。

這本小書走過了極其漫長的、見不到天日的半個世紀，比它的作者，波蘭鋼琴家斯陂爾曼所度過的黑暗歲月長久得多。在戰後，描述猶太人遭受納粹屠殺的作品迅速湧現，這本用波蘭文寫成的書卻在一九四六年出版後，馬上被波蘭當局禁了，不准在波蘭境內和境外的任何地方發行，一直要等到「史達林主義」在整個東歐垮臺。一九九九年，這本書翻譯成英文，在英國出版，全世界才知道了鋼琴家的故事。PICADOR 出版的這本書是英文版的第二版。

這本書的痛苦命運是因為它的真實，鋼琴家在逃生的最後日子裡，一位德國軍官救了他，這位德國人救了好些猶太人，鋼琴家是其中之一。在很長的時間裡人們不願意面對這樣的真實，大家不願意相信，在納粹軍服下面可能有一顆善良的心。這本小書最最令人感動的地方就是作者不肯接受任何「政治正確」的約束而把真實記錄下來的勇氣，說真話永遠需要勇氣和信心。

戰後，鋼琴家沒有離開他那變成了廢墟的祖國，每天，他走在廢墟裡，走向他的鋼琴，在蕭邦的樂聲中，華沙一點點重新站立起來。這樣的日子他又過了很多很多年，一直等到華沙已經成為一個真正自由的城市。

這本書記錄了這一切，它一定會成為美國書市上最為發人深省的書之一，一定會成為二〇〇三年年度好書。

黃絲帶

在春風裡飄拂

藏書票捲土重來

溫蒂是一位健康活潑的金髮女孩，也是麥迪遜高中的網球健將。幾天前她收到表哥從波士頓寄來的生日禮物，一本厚重的科幻小說以及一包藏書票(bookplates)。她打電話給表哥表示感謝，同時詢問藏書票的功用。表哥在電話裡笑說，「在饒富文化情趣的維也納小鎮上應該有人懂得什麼是EXLIBRIS吧？」溫蒂感覺大為尷尬，放下電話茫然四顧，她知道自己的父母是從來不用藏書票的。這種事情可要去問誰？

在電腦課裡，她發出電子郵件，詢問同班同學有關藏書票的種種。安捷馬上回信，告訴她，「我媽媽使用、收集藏書票。」於是，在一個攝氏零下十度的寒冷的午後，我看到了臉凍得紅紅的溫蒂，手裡拿著一小包顏色鮮艷的藏書票。這是ANTIOCH出版公司的產品，如同貼紙一樣將背後的護紙揭去就可以自動黏貼在書冊扉頁上，並沒有使用拉丁文，只是很大眾化地直書FROM THE LIBRARY OF，下面的空白處留給藏書人簽名。畫面是書桌一角，堆滿書籍、放大鏡、地圖、蠟燭之類閱讀必備之物，畫面五顏六色十分熱鬧。一句話，那是藏書票的普及本，任何大型連鎖書店都買得到。

這麼冷的天，我不能讓有心求知的女孩子得到這麼一個淺顯的回答就匆匆離去，遂順手從我的閱讀工具箱裡拿出十幾種供平常使用的藏書票，它們的產地包括德國、英國、義大利、荷蘭、希臘、比利時、美國、日本和臺灣。看到票面上的球根花卉、正在書架上找書的愛書人、書籍當中的女神與天使、印刷機、咖啡杯、貓頭鷹、熱氣球、鼓浪前進的帆船、豎琴與風笛……，翻開的書頁，翻開的書頁，到處是翻開的書頁。溫蒂驚呼連連，那些勻稱的構圖、無比精細的筆觸令她驚喜。我跟她說，翻開的書頁是世界上最美麗的景致，無可取代。她深深點頭，遂又發問，何以這麼少的人真正大量使用藏書票？她指的當然是美國。

其實，美國藏書票的發展受到英國和其他歐洲國家的影響很深，從十九世紀後半葉到第二次世界大戰之前曾經發展迅速。二十世紀中葉以後電子工業突飛猛進，對藏書人來講造成一段時間的衝擊與徬徨。但是，愛書人很快就發現網上閱讀終究找不回讀書所帶來的感覺與情趣，於是讀書、藏書再次蔚然成風，使用藏書票也就水到渠成，很可能捲土重來，發展出新的榮景。

溫蒂笑瞇瞇地回答說，「回家先上網買幾本有關藏書票的專書來看，待我懂得稍稍多些，再來和您討論。」

我知道，此刻，世上又多了一位藏書票愛好者，十分欣慰。

遊說

中文「遊說」這個詞常常與政治相連，甚至很多善良人常想，若是正大光明，何必要去「說服」甚至「收買」，以便得到支持呢？在英文裡有幾種說法有相同的意義，但是孩子們最常用的一個詞組是“seek sponsors”，尋找支持者，其過程自然是貨真價實的遊說。

正在求學的少年人竟然已經需要去遊說什麼人了嗎？一點不錯，很多重要的課外活動所需要的財政支援都要靠遊說取得：球隊、劇團、樂隊、機器人俱樂部等等都需要金錢才能維持，學校從政府得到的經費必須用在修繕校舍、更新教學器材、聘請師資等等這些最為要緊的開支方面，課外活動就要仰仗孩子們自己去找錢，途徑正是遊說。

「機器人」大賽每年三月在維州首府瑞奇曼舉行，各個高中的學生們都會組織起俱樂部，組裝出一個聰明、能幹的機器人參加比賽。通常購買機器人零件需要五千美金，組裝之後運送到比賽場地以及俱樂部成員出門四、五天參加比賽，需要另外的五千美金。這一萬美金就靠孩子們到各公司行號去“seek sponsors”，出錢的公司都會得到免費宣傳，機器人大賽的時候，廣告林立，俱樂部成員的T恤上印著公司行號的名稱，都是「宣傳」的手段。支持者們並不都是企業界，孩子們常常走訪國會議員們的辦公室，很斯文、很有邏輯地說服這些政治人物支持孩子們的課外學習。機器人俱樂部的成員們通常都會從上一屆大賽的精彩情節談起，談到獲勝的機器人有著怎樣先進的設備和怎樣出色的程式設計。然後會談到自己的俱樂部有些什麼樣的參賽經驗、組裝機器人的過程又使得大家在哪些方面有所學習，特別是政治人物注重的「團隊精神」，更是孩子們的敘述重點。最後，在融洽得不得了的氣氛裡，孩子們向議員們表示，所有捐助給俱樂部的錢都可以用來減稅。當贊助人欣然簽署了一張支票以後，無論數額大小，前往「遊說」的孩子都會誠懇地表示謝意，並且當場呈上一份謝函，在謝函上填明捐助金額、清楚寫明用以減稅的特別號碼，這一次訪問才算圓滿結束。課外活動所需要的財政支援就是在一次次鍥而不捨的努力之中一點點累積起來的。

一月底，機器人的組裝工作基本結束，進入了最為耗時的試驗和改進階段，每天下午五點半到七點半，孩子們在一位老師指導下齊集學校，緊張工作，家長們輪流送點心給孩子們加餐，表示支持。

一個寒風呼嘯的下午，安捷表示要提前出門。因為他們找到一種新設備可以大大提高機器人性能，購買這個設備需要兩千美金，大家又一次分頭找錢……。在這個寒冷的日子，他準備去一位律師辦公室尋求支持。這麼冷的天！我實在有點心痛，遂表示願意解囊相助。安捷先是抱抱我表示感謝，然後很誠懇地說：「文化人對人類文明貢獻最大，收入卻來得最為辛苦。」這些少年竟然是不忍接受文化人的捐助！

原來，「遊說」的對象也是被認真選擇出來的。哈！

夢想

無論大人或是孩子，閑適相聚的時候，如果談得投緣，「夢想」常常是一個大家都喜歡談論的題目。一個飄雪的週末，因為近農曆年了，我們請了一家近鄰來家裡喝下午茶。茶是頂好的凍頂烏龍，來自臺灣的南投縣，點心更是典型的中國茶食，雲片糕、核桃棗泥酥餅、煎年糕之類，大人小孩都吃得讚不絕口。邊吃邊聊，自然是從近聞談起。

經濟是否會很快從谷底翻上來，帶來新的榮景？人人都關心。在增強投資信心提高民眾購買力的議題討論熱烈的時候，十六歲的邁克表示意見，大公司必須大幅度提高產品性能才能吸引買氣，就拿微軟來講，「蓋茲的電玩遊戲設計得不夠精彩，我將來要買下一個公司，設計、生產最有趣、最精緻、最好玩的遊戲。」邁克的夢想馬上得到大家的支持，大人們紛紛表示願意投資，同年齡的男孩子們表示要參與設計，而且他們七嘴八舌地已經開始談到設計中可能採取的無數新點子。女孩子們志願加入企業管理的行列，邁克六歲的小妹妹站起來說，她可以擔任分公司的銷售經理，大大提高售後服務的質量。

這個「未來」公司「搞定」之後，話題輕鬆轉向電影，最近好片子很多，人見人愛的李奧納多一下子有兩部新片，《紐約黑幫》之外，更有震撼人心的《神鬼交鋒》（*Catch Me If You Can*），和世界級偶像湯姆漢克斯在影片中飆戲飆到最高點，真是叫好又叫座。

新聞界訪問兩位超級巨星，請他們談談他們個人的夢想。銀行裡早已儲有巨款的李奧納多卻是非常的平實，他期望加入義工行列，在全世界開展環境保護的工作，尤其要保護瀕臨滅絕的稀有生物。

湯姆漢克斯的夢想比較浪漫，也比較悲壯。他非常想開一家附設小小溫馨咖啡館的書店，他期望在那家書店裡度過息影以後的每一個日子，直到破產為止！

這個話題被提出以後，在座的大人小孩似乎不約而同地想到了李奧納多和湯姆漢克斯都出身於破碎的、充滿驚懼的家庭，在他們的夢想裡恐怕還有著沒有說出來的嚮往，那就是永遠溫馨、和樂、幸福、美滿的家庭生活。在影片《神鬼交鋒》裡，李奧納多不畏任何艱難險阻，拼命希望維護的也只是家人與親情，他演得那麼投入、那麼逼真、充滿了激情，正是他內心世界的一種反映。

對家庭溫暖的維護或嚮往是一個永遠不會枯竭的話題。現代社會裡，破碎的家庭比比皆是。孩子們驚恐地聽到、看到家庭中的惡言相向甚至暴力演出。他們期待來自父親的關愛和了解，他們期待母親溫暖的笑容和永不衰竭的鼓勵、支持。然而，太多的孩子在太過幼小的年齡就與幸福童年徹底分手，不得不面對人世間的種種不義與殘酷，不得不面對親情的徹底失去，而落入他們本來不應該過早感受的哀傷。在溫馨的對話裡，我看著這些幸運的成人與孩子，默默祝禱每個家庭真正幸福、美滿，每個家庭的成員真正相親相愛，那就是我的夢想。

不可或缺的閱讀良伴

住在對門的金髮女孩瑪麗的爸爸喜歡在上班之餘做些木工活計，不是把兩三塊木頭用大釘子粗粗釘在一起的「木工」，而是精緻的細活兒，比方說把一張受了傷的路易十四時代的小桌子恢復舊貌，把斷裂的桌面拼接得天衣無縫、讓站立不穩的桌腿重新優雅地恢復自信。他不像別的木工將工具插在皮袋裡捆紮在腰間，而是疏密有致地插放在一個木製的工具箱裡。

一天，我帶著我的「閱讀良伴」去圖書館查找資料，瑪麗飛奔過來好奇地問我，「妳也做木工嗎？妳的工具箱和我爸爸的一樣大。」

噢，原來小瑪麗把我手裡沉甸甸的木製提匣當成木工的工具箱了，遂蹲下身來，把匣子裡的東西一樣樣拿出來給她看。

這是一個長十八吋、寬八吋、深五吋的木匣，頭尾中部各安裝一根十吋高、結實可靠的木柱，連接兩個頂端的一根橫樑成了提手，於是整個匣子可以被拎到任何地方去。匣子中心有一塊木板沿縱深方向把匣子的空間分成兩個狹長的部分。每部分的一個頂端又用小的木板隔出兩個間隔。這樣一來，長長的兩個間隔可以用來放書、報、雜誌，小的四個間隔就可以隨心所欲地放置一些不可或缺的小設備。這會兒，我正像變魔術一樣把一些小東西拿出來給瑪麗看。

軟軟的鉛筆袋裡有削尖的普通鉛筆和紅、藍鉛筆各一支，用來抄寫資料、標示出重點。也有原子筆一支，專門用來記錄需要留檔的重要事項。鋼筆一支，用來寫信。跟著出現的就是可以用來書寫的材料：一本普通便條紙，抄錄一般資料；背後可以黏貼的小小便條紙，記下寫作需要的備忘錄，這些便條很快會出現在我的電腦桌上；美麗的帶著隱性橫條的卡片，它們將把重要的資料帶進卡片箱，被長久地保存起來；一本、兩本或三本漂亮的信紙或是幾張精緻的卡片，我會用來寫信給好朋友，向他們報告我最新的閱讀心得。當然，地址本、郵票夾以及可愛的封緘貼紙也不能少。

一盒 Page Points 讓瑪麗開心不已，那些紅銅色的小三角是折疊起來的，可以很方便地夾在書頁上，圓的一面不是重點，三角形尖端所指才是要緊的部分。一個小皮夾，打開來一看，裡面整整齊齊排列著五彩繽紛的黏貼標籤，可以用來貼在書中標示重點，用筆輕輕一揭就可以拿下來不會損傷書本。瑪麗拿在手上，看了又看捨不得放下。

當然，匣子裡還有各種藏書票、書簽，美不勝收。

一包有濕度的擦手紙，使得我們的手指保持潔淨，也讓書本保持潔淨……。將捲曲的書角恢復平整的小小夾書板……。一樣又一樣。

瑪麗終於抬頭問我：「你從哪裡找到這個寶箱？」「LEVENGER，一個專門為嚴肅讀者服務的公司。」「我也是嚴肅讀者，我將來也要有一個這樣的工具箱。」瑪麗很鄭重地表示。

不必等到將來，LEVENGER公司有專門為小讀者設計的產品。今年瑪麗六歲生日的時候，我會送給她一個可愛的「閱讀良伴」。

I CAN READ

「媽咪，我是什麼時候開始參加一個『俱樂部』的，就是採取會員制，需要交費的那一種？好像有記憶的時候就參加了的，對不對？」已經準備上大學的安捷從一大堆「問卷調查」上面抬起頭來問我。「你十六個月大的時候。」我毫不遲疑地回答。安捷的反應是伸手摸了摸我的額頭，以確保我不是在發燒，腦筋夠清楚回答他的問題。

「你總不會不記得“I CAN READ”閱讀俱樂部了吧？」「當然，是小學一年級吧？我就寫信給他們，希望他們寄程度深一點的書給我。結果他們一口氣寄了四本書來，還寫了一封有趣的信，『恭喜』我『跳級』。」安捷喜孜孜地回憶道。

事實是，安捷一歲半進入位於紐約市的聯合國國際學前學校的當天已經帶著一本書，而且會翻開書來「讀」給老師和小朋友們聽。那本書正是“I CAN READ”閱讀俱樂部寄給他的第四本書，是他「加入」這個俱樂部的第二個月收到的兩本書之一。那真是一個巨大的成功，老師們紛紛要求我把這個俱樂部背後的圖書公司的通訊處寫給他們，以便提供給其他孩子的家長。

I CAN READ 是一家紐約的童書公司，他們的書完全不進入書店，而是以每個月兩本的速度寄給他們的小會員。郵包的收件人是小會員，書的扉頁上畫出一張藏書票的模樣，一本打開的書，大字印著小會員的尊姓大名。我清楚記得那第一本書，全書三十多頁，每頁都由可愛的圖書佔據主要位置，詞彙只有一個，就是“MA MA”，孩子翻開書，媽媽在廚房準備早餐、媽媽幫孩子整理書包、媽媽送孩子去學校、媽媽看孩子畫圖畫、媽媽給孩子講故事、媽媽帶孩子上街買東西、媽媽和爸爸說話、晚飯後媽媽彈鋼琴，大家唱歌、媽媽給孩子洗澡、講床頭故事，直到一天的生活安靜結束，孩子進入甜甜夢鄉。我無法忘懷安捷「讀」畢這本書，歡聲大叫「媽媽」時候的快樂表情。在這之前，他已經有很多本各式各樣的圖畫書，但是這是第一本，他獨立完成閱讀的書，從此他真正成為「讀者」，這時候，他正好十六個月大。

孩子睡了，我在燈下給童書公司的女士先生們寫了一張謝卡，寄上了第一個月的會費，美金十六元七角五分，包括書錢、購物稅和寄費。之後，每個月的兩本書循序漸進地增多頁數、添加文字，減少圖畫，直到成為以文字為主、插圖為輔、充滿教育意義的美麗童書。「藏書票」也從扉頁上走下來，不再印在書上，而需要小會員仔細貼進書裡。小會員的姓名也不再是清晰可見的正楷，逐漸改為優美的花體字。當然，小會員在每年生日也都會收到額外的兩本書作為生日禮物……

安捷和他的父母一樣，愛書、買書、藏書，也將讀過無數次而不會再讀的書捐給社區圖書館、讀書會。撫摸著那些伴隨他成長的“I CAN READ”叢書，每年二十六本心愛的童書，總是萬分不捨，頻頻囑咐人家好好愛惜這些「最最了不得」的好書。

經過三次「跳級」之後，安捷小學畢業之前，從我們駐節的高雄，主動寫了一封無限深情的信，寄給了遠在紐約的童書出版人，結束了他的長達八年的「會籍」。很快，安捷收到了來自紐約的包裹，那是一本印刷精美的皮面書《大衛・科波菲爾德》，作者是狄更斯，插圖畫家是筆名為“Phiz”的 H. K. Brown。書裡夾了一張真正的藏書票，一張需要安捷自己簽名、黏貼的藏書票。

書裡還夾著一封情深意切的回信，祝賀安捷找到了終生不渝的良師益友：書籍。自此，安捷成為文學讀者。雖然童書公司順應潮流易名：「愛書吧，你！」、「酷！好書！」之類的。愛書人安捷心心念念的仍然是那個平實、自然的 "I CAN READ" 閱讀俱樂部，這會兒，他正在把這段淵源寫進教育部門的問卷調查裡，成為永久的紀錄。

情義

丹尼斯是一個很好看的男孩子，有一張輪廓鮮明的娃娃臉，一雙澄澈的藍眼睛，笑起來的時候，滿臉調皮。他是一個人見人愛的孩子，一歲的時候就被義大利班尼頓時裝公司的攝影師選中，他身著班尼頓毛衣的大照片曾經長久懸掛在紐約時報廣場上。

上小學的時候，鄰居的女孩子們都比丹尼斯大，她們每天清早和他一塊兒等校車，實在忍不住，就跑過來在他腮幫子上面親上一口。丹尼斯從小就知道自己討人喜歡，總是很大度地笑笑，一副風度翩翩的模樣，惹得女孩子們驚喜連連。

終於有一天，在等車的行列裡出現了一個小女孩，一個美麗的、靦腆的小女孩，這個女孩子的父母是比利時駐聯合國的外交官，這一家人最近變成了大家的鄰居。丹尼斯馬上過去牽起小女孩的手，問清楚她叫薇拉以後，就在整整兩年的時間裡，非常紳士地照顧著她。薇拉也在第一時間裡全心全意信任他，把丹尼斯視作天然盟友。

兩小無猜的美麗歲月只有兩年，丹尼斯的父母工作調動，不得不舉家遷往遙遠的亞洲。丹尼斯依然可愛，但是他再也沒有牽起另外一個女孩的手。

又過了兩年，丹尼斯就學的國際學校舉辦盛大的聖誕晚會，丹尼斯擔綱上臺表演麥可・傑克遜最著名的舞步Moon Walk，惹得臺下的女孩子們不斷地尖叫連連。

丹尼斯的媽媽坐在觀眾席上正凝神看表演，鄰座一位女士悄悄和她打招呼，請她挪到後排，「有一點事情要談」。這位女士的先生是荷蘭的外交官，她們有一個美麗的女兒，這會兒正在臺上翩然起舞。

兩位母親進行了一場不為人知的談話。女孩的金色髮辮盤在頭頂，輕盈地跳躍著、旋舞著，和落落大方的丹尼斯真是美好的一對。女孩的母親朝舞臺一點頭，開門見山地說道：「我的女兒非常喜歡丹尼斯，主動表示要和他作朋友。」

「噢，」丹尼斯的媽媽不置可否。

女孩母親的眼光像劍一樣射過來，「可憐的孩子被拒絕了！丹尼斯回答說，他的『女朋友』在紐約。可是真的？」

當然是薇拉！丹尼斯的媽媽毫不猶豫地回答身邊的婦人，「是的，我們派駐聯合國的時候，丹尼斯有一位青梅竹馬的好朋友，一位非常可愛的女孩子，我們全家人都喜歡她。」

「那是多久以前的事了？你們離開紐約最少兩年了吧？丹尼斯現在不過是十歲的少年人，竟然如此有情有義，真正難得。」婦人的語氣溫和多了，不無遺憾地喃喃自語。

從此，丹尼斯的媽媽卻上了心事，惟恐兒子疏遠同學，變成了孤僻的人，遂小心地「釜底抽薪」，假裝不經意地提到：可不知現在薇拉一家又搬到哪個國家去了？

丹尼斯的回答卻像成人：媽媽，沒有瑕疵的情誼是非常美麗、非常難忘、很不容易取代的。無論薇拉搬去了哪裡，我都不會忘記她。他的笑卻還是孩子的，一派純真。

不再浪漫

在美國的學校裡，有關「家庭生活」的教育是從幼稚園就開始的一種循序漸進的課程，一步又一步地使得孩童對人類演進有一個基本的認知。對少年人實行健康的性教育，則是從小學畢業之前延續到中學的一個比較長的過程。對於戀愛與婚姻的徹底討論，卻是高中一年級的事情。學校首先會寄一份資料給家長，通報教學內容並且徵求家長的同意。有些家庭因為宗教或其他理由不希望自己的孩子在課堂上公開受教，也可以趁此機會通知學校。總之，為了慎重起見，校方和家長總要溝通得很徹底，這門比較特別的課程才能順利進行。

上課之前，學校也要求家長先和孩子們作一點預習的工作，去除孩子們可能會出現的心理障礙。於是，每一個家庭在孩子十四、五歲的時候都會就這個題目展開討論。到了今天，資訊發達的二十一世紀初，對於父母們而言，這些討論往往讓他們驚詫萬分、尷尬萬分。一般來講，他們對子女們驚人的早熟沒有足夠的心理準備，對e世代絕對「實事求是」的戀愛觀、婚姻觀難以接受。

父子之間的談話通常是這個樣子的：父親和顏悅色地開始談到這個題目，馬上就被兒子的冷漠和略帶嘲諷的臉色激怒，忍不住大吼：「和你討論這件事是為了你好，免得你弄出什麼不好收拾的事來。」兒子馬上反擊：「不好的事無非是愛滋和未婚懷孕之類，那都是笨得不能再笨的傢伙搞出來的名堂，您以為我會那麼笨嗎？」無遠弗屆的電子通訊真正是無以匹敵。父親敗下陣來，於是改換口氣，語重心長地表示，這場談話關係到兒子將來的幸福。這一次，更慘，兒子臉上的表情更加古怪，似乎是充滿了同情！兒子會謹慎選擇詞彙，不要太傷老爸的心，同時又條理分明地講出這一代少年人的理念：「要知道，『王子和公主從此過著快樂、幸福的日子』那樣的浪漫故事就是真正的王子和真正的公主也享受不到了，更何況普通人。」父親不得不點頭，各國王室的悲劇故事就在面前，不容迴避。

「再說，婚姻和愛情不是一件事。婚姻並非人道的制度，選擇婚姻必須同時選擇忍讓、妥協、犧牲、奉獻，要不然那個婚姻也是不會有好結果的。」兒子擰著眉頭侃侃而談，老爸雖然心有不甘卻也得承認，兒子的話相當實在。「結婚、生子實在是一件又貴又不好的事情……」未等兒子把話說完，老爸終於忍無可忍拍案而起，「把你養到這麼大，竟然是要聽你這種話嗎？」兒子心平氣和，「我知道把我養大有多貴，也知道您有多辛苦，所以才實話實說。」

父親驚怒之餘決定一不做二不休，索性把這個題目談徹底了，希望以後不必再進行類似的對話，遂展開有關「愛情」的討論，他自認為兒子從父母的「和樂、美滿」之中一定感受良多，沒想到，他又一次深深地失望了。

兒子神色溫柔地坦露他對愛情的期望：愛情是天然的，沒有辦法「培養」，也沒有辦法靠人力「保存」其新鮮，使之不會變質、朽壞的。被愛神丘比特的箭射中了，人就該「認命」，好好享有那一段美好，千萬不要急急忙忙把美麗的愛情和性連在一起，因為「性」的副作用太多、太麻煩、太現實。也不要急急忙忙去結婚，因為這樣一來，經濟的、家族的、社會的因素全都攪了進來，愛情不變味才怪！再說人是會改變的，天長地久的愛情並不存在，趁著丘比特還沒有轉過身去，好好去愛一個人，留下一些美好的記憶，已經是非常幸福的事了。

聽完了這一席話，父親覺得能夠和兒子交換的心得已經不是太多了，他現在只對兒子的生涯規劃還有一點興趣，遂笑笑問道：「神聖的愛情只有等待天賜，那麼你什麼時候準備開始建立你自己的，那又貴又不好的家庭生活呢？」「退休以後吧。」看到老爸一臉怒氣，兒子笑著解釋，「e世代通常二十三歲研究所畢業，在電子業工作十年，賺夠了需要的錢，就可以『退休』了。那時不過三十幾歲。」結束談話前，兒子提醒老爸，「這些事情請您先不要告訴媽媽，免得她著急。」

DUTY CALL

小喬治從街上飛奔回家，一進門就大聲喊叫，「媽咪！妳在哪裡？」

正在樓上整理衣物的媽媽走到樓梯口，俯身問道：「出了什麼事？」

小喬治一邊飛奔上樓一邊叫道：「對街安妮的爸爸收到 DUTY CALL，馬上要到中東前線去了！安妮正在幫助她爸爸收拾衣服！聽說安妮的姑姑會來這裡照顧安妮，可是你知道，安妮的姑姑也有三個小孩，而且他們住在西雅圖，離這裡那麼遠！安妮可不可以住在我們家？我搬到湯姆的房間，把我的房間讓給安妮！現在！馬上！」小喬治大口喘著氣焦急等待著媽媽的回答。

看著八歲的兒子焦急的眼神，媽媽鄭重地點頭：「你先把房間仔細收拾乾淨，床單等一下我來換。我現在就去和安妮的爸爸談一談。」媽媽把手裡的衣服放下，就匆匆出門去了。

小喬治和他的哥哥湯姆，他們的爸爸、媽媽，是一個四口人的白人家庭，信奉基督教。剛剛進幼稚園的安妮和她的爸爸卻是一對信奉伊斯蘭教的黑人父女。去年，安妮的媽媽死於車禍，為了照顧幼小的安妮，在海軍陸戰隊服役的安妮爸爸就一直在維州的海軍基地工作，沒有被派到外地或國外去。

現在，戰爭開始了，許多的 DUTY CALL 打到軍人的家裡去，軍人們在最短的時間裡告別家人奔赴前線。

這一條街上的很多家庭已經有人背起背包趕赴前線了，但是，緊急的電話仍然在打進來，人們仍然在腳步堅定地走出去。

安妮家的大門沒有關，客廳地毯上有一個巨大的軍用提包，六歲的安妮正在忙著，她緊緊抿著嘴，神情嚴肅地把爸爸的襯衣放進提包。她是那麼小，而提包和襯衫是那樣大！

小喬治的媽媽走到門口，看到安妮的爸爸正在把一包包的食物放進冰箱。

也許這是最後一次，父親最後一次安頓女兒的生活，女兒最後一次為父親打點行裝。

戰爭，充滿了危機和變數，使太多美好變成最後。但是，有些戰爭卻是必須的防衛，防衛更多不可理喻的無辜的犧牲。軍人們將自己的家人放在身後，義無反顧地奔赴戰場，期待為更多的人贏取和平。

第二天的清早，在這條街上，踏出門去的軍人有好幾位，其中有安妮的爸爸，也有小喬治的爸爸，一位優秀的雷達專家。他們帶著家人為他們整理好的換洗衣物，胸前的皮夾裡藏著家人的照片，他們踏出了家門，去承擔重大的責任。

家人們都站在門前送別。安妮家大門緊閉，她的小手緊緊牽著小喬治媽媽溫暖的手，湯姆哥哥和喬治哥哥站在她背後。站在軍車上的隨軍記者在早春的陽光下，為神情莊重的這一家人拍下了這個珍貴的鏡頭。

沒有紅地毯

二〇〇三年三月二十三日，第七十五屆奧斯卡金像獎頒獎典禮如期在美國洛杉磯舉行。雖然美國在戰爭中，然而藝術卻是重要的，因為其重要所以照常舉行，但是戰爭絕對是痛苦的事，所以取消紅地毯。這是一個沒有紅地毯的奧斯卡頒獎典禮，星光燦爛、莊嚴肅穆。

我坐在電視機前看這個頒獎典禮，看了很長的時間。自從三月二十日戰爭開始以來，我已經變成一個能夠在電視機前久坐的人。我追著一個又一個新聞節目，不希望漏掉一星星一點點戰事新聞，我要知道這場會帶給伊拉克自由的戰爭進行得怎麼樣了。我要知道一切的細節：科威特和伊拉克的天氣，有沒有塵暴的跡象，氣溫有多高？我們的子弟兵有沒有足夠的淨水，有沒有營養的食物，最重要的是有沒有傷亡，以及能不能得到及時的救援和醫療？繼大批伊拉克軍隊自動繳械以後，有沒有更多伊拉克軍人及時地棄暗投明、減少傷亡？我們有沒有找到那些罪惡的生化武器製造廠、倉庫和基地，有沒有把它們徹底地摧毀，以杜絕後患？

懷著忐忑不安的心情，收看美國影藝學院的頒獎典禮是非常怪異的經驗。我也有另一重憂慮，我不知道獲得五項提名的 *THE PIANIST*（中文譯作《戰地琴人》）最終是否能夠獲獎。一部嚴肅的、非娛樂性的電影，一部由倖存者文學改編成的電影，一部強烈顯示戰爭殘酷的電影，一部誠實的、有教育功能的電影，雖然沒有令人矚目的票房佳績，會不會獲獎？電影和原著所釋放出的強烈的、不容迴避的善意能不能得到廣泛的認同？人們能不能了解，只有心裡的和平才能帶來真正的和平？人們能不能明白人性的善良才是永恆的力量？

尚未看到任何答案的時候，新聞插播，戰爭新聞中最令人痛苦的消息出現了，我們的子弟兵有人失蹤，有人被捕，美國政府將不計任何代價做出最大努力以換取他們的平安返家。

插播之後，繼續轉播頒獎實況。Adrien Brody（亞卓安・布洛迪）因為在《戰地琴人》

中的精湛演出而稱帝。導演帕蘭斯基也因此片而抱回了「最佳導演」獎。再加上「最佳編劇」。這部電影受到了充分的肯定。

最令人感動的是布洛迪的獲獎感言，他感謝原作者斯陂爾曼將華沙在戰火中的毀滅以文字流傳下來，他講到拍片的過程使他認識戰爭，他講到他的複雜的心情，得獎的喜悅無法掩蓋他對戰爭的憂慮。他最好的朋友現在正在科威特，他希望朋友平安返家。

我們希望戰爭速戰速決，我們希望雙方人員的傷亡減到最小，我們希望盟軍早日返家，我們希望地平線上很快出現一個民主、自由、和平的伊拉克。

在這個沒有紅地毯的頒獎典禮上，我們同聲祈禱。

黃絲帶在春風裡飄拂

寒冷的早春天氣，猛然的，竟然下起雪來，已經盛開了的白色木棉花被雪覆蓋住了，變成了一個個晶瑩的冰球。

好在，春天畢竟是已經來了。下雪的第二天，艷陽高照，春風溫柔地將積雪從枝頭掃落，從春花上掃落，從無數的黃絲帶上掃落。黃絲帶在春風裡輕輕地飄拂起來，牽動著每一個人的心。

三十年前，有一輛長途公共汽車在美國東岸從北向南行駛，一位旅客告訴駕駛先生，他剛剛從監獄裡被釋放出來，現在正在回家的途中。他完全不能確定他的妻子是不是歡迎他回家，所以，在他離開監獄之前，先寄了一封信給她。在信裡，他說他依然熱愛他的妻子，希望可以和她繼續生活在一起，但是他不能確定他的妻子有同樣的願望，所以他建議：如果她依然歡迎他，依然希望和他一起生活，就請她在鎮中心那棵老橡樹上掛一條黃絲帶。他搭車回家，看到了黃絲帶再進門……。

駕駛先生和全車乘客都是又感動又興奮，當車子緩緩開進喬治亞州那個小鎮的時候，大家都緊張萬分地用目光尋找那棵高大的老橡樹。人人都看到了，一條美麗的黃絲帶正在早春的微風裡飄拂，向艱難返回的親人招手。

駕駛先生沒有辦法掩蓋他的興奮，馬上把公共汽車停在路邊，打了個電話給他在電信局工作的朋友，這樣一來，這個動人的故事一下子傳遍了美國。鄉村樂手布朗 (L. Russel Brown) 和他的朋友列凡尼 (Irwin Levine) 馬上把這個新聞變成了一首歌。他們把公共汽車變成了馬車，把故事的背景從現代拉回了內戰時期，返家的人變成了出門作戰的士兵，更試圖把一條黃絲帶變成一百條！

就在一九七三年的春風裡，歌曲終於定格。*TIE A YELLOW RIBBON ROUND THE OLE OAK TREE* 響遍全國，迅速成為鄉村歌曲裡面的經典。（註）

一九七九年深秋，五十二位美國外交人員被伊朗軍政府扣留為人質。在他們不得返家的長長的四百四十四天裡，整個美國悲憤不已，黃絲帶漫天飛舞。鄉村歌曲〈在老橡樹上繫一條黃絲帶〉響徹雲霄。直到一九八一年一月，五十二位人質平安返家前夕，美國民眾的盼望達到高潮。從此以後，黃絲帶成為傳統，象徵家人、親人、友人對在外艱難度日的人們的強烈思念以及對他們平安返家的盼望。

時序進入二〇〇三年的春天，又一個黃絲帶漫天飛舞的春天。美國在戰爭中。

很多人在大門上、在門前的信箱上、在房前的大樹上繫上一條又一條黃絲帶。他們的家裡很可能並沒有出征的將士，但是他們有同樣的思念、同樣的憂慮、同樣的期盼。

在春風裡飄拂的黃絲帶展露著萬眾一心的愛意和堅守。

（註）歌曲裡的"OLE OAK"是從"OLD OAK"變化出來的，帶上了鄉音，成了鄉村歌曲的特色。

請問香草在哪裡?

母親在辦公室多停留了一個小時，她在回家的路上順便從麥當勞買了炸雞塊和漢堡包，準備到家之後和女兒共進一個短短的晚餐。之後，她恐怕還要在電腦前冥思苦想一番才能結束這長長的一天。

到家以後，她發現十七歲的女兒擺好了餐桌，桌上放著新鮮的青菜沙拉。廚房裡熱氣騰騰，女兒正有條不紊地煮著一小鍋義大利麵，另外一個火口上用來拌麵的肉醬正咕嘟咕嘟地冒出陣陣香味兒。

「請問香草在哪裡？要是有香草，還能做個甜點。」女兒一邊小心又熟練地把熱醬撥到盤子裡，一邊問母親。母親這時候覺出了不對，女兒似乎在一夜之間長大了，她準備的晚餐營養而健康，自己隨便買回來的卻是速食店的產品。

在餐桌上女兒告訴母親，自己曾經打電話去辦公室，「您的祕書說您剛走，我計算一下時間，準備一個簡單的晚餐剛剛好。」

這是簡單的晚餐，那麼複雜一點的晚餐該是什麼菜式呢？

「青豌豆、蘑菇配嫩雞，或是菜花配烤魚。都蠻好的。」女兒胸有成竹。

當然是蠻好的，可是自己已經很久沒有認真下廚了。女兒又是從哪裡學來的烹飪術呢？

「很容易的，衛生食譜在每一個超級市場都買得到，有時候還免費贈送呢。」

自己是這樣的忙碌，每次買菜都是匆匆又匆匆，買了必須的食品就急急忙忙地衝回家，根本沒有細看周圍的情形。而且，也有太久沒有研究過任何食譜了。身為大公司的一級主管，真是千頭萬緒，哪能面面俱到呢？

女兒一邊收拾碗碟一邊很誠懇地告訴母親，「我完全不贊成您這樣的生活方式。我將來大學畢業以後，絕對不會把事業看成生活當中最重要的事情。結婚、有了孩子以後，一定要以家庭為重，好好照顧和教養孩子，決不讓他們跟著保姆長大，不讓他們靠速食過日子。」

看著母親面色凝重，女兒很誠懇也很堅決地繼續講下去：「暑假以後，我就要上大學了。您的日程這樣緊張，找機會和您討論任何事情的機會就更少了。所以很想趁您還沒有去電腦房之前，把一些想法跟您說一說。」

母親感覺口乾舌燥，好不容易按捺住心頭的委屈，開口為自己辯解，「要知道，女性爭取到今天的社會地位是經過多少掙扎和奮鬥的。妳怎麼能輕易就放棄呢？妳真的覺得女性回到廚房去是正確的選擇？」

女兒溫柔地看著母親，「我們這一代人幾乎都有忙碌不堪的母親，我們看不到遠離廚房，沒有時間和孩子在一起的女性，有多少是真正快樂的，有多少是真正幸福的。我們覺得，也許需要換一種生活方式。起碼知道香草在哪裡，如果想做個蛋糕的話。」

家裡有過香草嗎？母親一時楞住了，完全忘了還有一堆公事在等她處理。

到倫敦去

二〇〇二年深秋，我曾經和安捷一起送大衛回家。一群情投意合的少年人那天在我們家看電影，每人帶了一片錄影磁碟，最後大家票選出這一天想看的，卻是不知看過多少遍的《駭客任務》。

電影活動快結束的時候，大衛的媽媽打電話來，說是車子故障，抱歉沒有辦法準時接大衛。我請她放心，我和安捷會送她兒子回家。

這是大衛第一次坐我們的車子。車子一啟動，安捷輕輕按音樂鍵，頓時車裡飄蕩起一片悠揚。沉默良久，大衛不好意思地悄聲問道：這是什麼？安捷也悄聲回答：柏林交響樂團演奏的德弗札克的第九交響樂 *THE NEW WORLD*，我可以下載給你，你聽了喜歡的話，再去買磁碟。

後來，安捷不經意地提到，就從那天起，大衛變成了古典音樂迷，進步神速。聽說連他的父母都十分訝異，不知為什麼相當迷戀現代 POP 的少年忽然跳進了古典音樂的殿堂，再也不肯出來了！

二○○三年四月的一天，大衛第二次來我們家，帶來了有趣的新聞，下個月，他要和父親一起到倫敦去！五月份，對於畢業生來講實在是太重要了，他竟然準備請一個星期的假，到倫敦去！

安捷微笑不語，大衛卻鄭重其事地跟我說，世界上有些事情比畢業前的活動更重要，比如說親眼看到貝多芬親手矯正過的第九交響樂的曲譜！

一點也不錯，這是重要的新聞，倫敦蘇世比拍賣公司將要在五月二十二日拍賣一本厚達五百七十五頁的曲譜。這就是貝多芬的第九交響樂，是由一位抄寫者抄錄下來的，但是，上面密密麻麻佈滿了貝多芬本人的眉批、意見，是貝多芬親自校閱的曲譜！貝多芬毫不留情地對那抄寫者冷嘲熱諷，使得這本曲譜充滿了作曲家憤世嫉俗的典型性格。這本曲譜在當今世界上是絕無僅有的珍品，因為類似的文獻不是遺失了就是已經被收藏了，很難再見到。這本曲譜的所有者因為需要錢不得不忍痛割愛，於是人們得到機會在拍賣現場一睹這件稀世珍寶的風采。

到現在為止，在曲譜的拍賣紀錄上，莫札特的幾部交響樂曲譜在一九八七年曾經創下四百萬美元的高價。二〇〇二年貝多芬親筆寫的一頁曲譜以兩百萬美元價格拍出，其成交價是預估價的八倍。將要拍賣的這本大書的預估價是四百六十萬美元。

大衛笑瞇瞇地嘆息道，有錢真好！

在大家的笑聲裡，他又補充說，到倫敦去，只是親眼看一看這件寶物也不錯。

「沒問題，五月二十二日那天，我們在大洋此岸讓第九交響樂響徹雲霄！當然要播放維也納交響樂團的實況錄音！」安捷馬上響應。

是啊！誰會忘記這部作品在維也納首次演奏時的悲喜交集呢！

頭版新聞

在美國少年的成長經驗裡，閱讀、討論每天報紙上的頭版新聞是令人難忘的。

首先，在「選修課」的科目裡要選擇「美國政府」這一課，透過學習教科書的內容，了解美國政府運作的規範，立法、執法、制定政策和執行政策的歷史和現狀。

然後，最重要和最有趣的部分就開始了。詳細閱讀每天報紙的頭版，在電腦中寫下自己的閱讀心得，用電郵的方式「交作業」，在課堂上所展開的就只是廣泛而深入的討論。

這門課學年結束時候的考試成績可以帶入大學，成為學分。

美國報紙的「頭版」內容相當多，第一頁提綱挈領而已，後續內容在接下來的版面內才能見分曉。就拿《華盛頓郵報》來說，頭版足有二十多頁，是一個並不輕鬆的閱讀工程。少年們卻都樂此不疲，讀得甚有興味。

因為「課業」採電郵方式，討論又多半在課堂上進行，所以家長們少有參加的機會。再加上有關「政治」的討論相當的傷感情，通常也不會變成餐桌上或是客廳裡的議題。這麼一來，家長們幾乎只有在孩子們偶然的流露中才能感覺他們的關懷面正在迅速擴大，思考的深度和廣度更是與日俱增。

二〇〇三年四月十三日，春光明媚的週日下午，三、四個孩子聚在一起，幫助父母們整理花園，他們一邊熱心地幫忙培土、除草，栽種春花，一邊熱烈地討論著他們今天的讀報心得。這會兒他們從一個花園裡幫了忙出來，扛著工具來到我家，我請他們收拾木棉花的落英，孩子們一邊愉快地工作，一邊繼續他們的討論。

這時候，他們談論的是巴格達古物博物館遭劫的大新聞。聯軍的智慧型砲火完全沒有傷及博物館，反而是伊拉克人自己在沒有門禁的情形下，闖入博物館的展廳和倉庫，大肆劫掠，造成了無法彌補的損失。

「太荒謬了，實在是太荒謬了。那博物館館長居然說，如果有五位美國軍人守衛在這裡，事情就會好得多！她自己那個時候在哪裡？她和她的同事不是應該用性命來保衛這些珍寶嗎？自己避禍去了，卻指望我們來承當他們自己應當承擔的責任。居然還理直氣壯，豈不是太荒謬了?!」一個孩子大聲發言。

「據說，伊拉克暴民劫掠、破壞了十七萬件古物！實在是不可思議。歷史上應該有不少經驗可以借鑑的，天災人禍那麼多，人類文明遺產的保存一定有範例的。」另一個孩子提出。（註）

我聽到了安捷的聲音：「……為了避免戰禍的荼毒，六十四萬件寶物走過了千山萬水，沒有被日本軍人摧毀，沒有在內戰中損失，從北京抵達臺北，在臺北國立故宮博物院得到最好的保護和展示。六十四萬件啊！沒有一件損壞！沒有一件遺失！在戰火紛飛當中！在那樣混亂的世界上！九十年代，我在臺北，看到那些寶物的一部分，也看到一張地圖，上面清楚告訴全世界，中華民國政府和考古學家們是怎麼樣帶著這些寶貝避過災難的……」

萬籟俱寂，只看到春風靜靜拂動著嫩葉。

（註）事實上巴格達古物博物館的損失沒有那麼嚴重。被劫掠的大批古物被美軍尋獲，並交還給巴格達博物館。

互信的社會

每年三月或四月的一個星期日，是西俗傳統的復活節，除了宗教的意義之外，也是春遊、踏青、賞花的好日子。在美國的大城小鎮到處裝飾著兔寶寶和彩蛋，連白宮也要安排小朋友「尋彩蛋」的傳統節目，讓國家領袖和孩子們同樂一番。

首都華盛頓近郊有許多衛星城。我居住的「維也納」是其中的一個，三百年前的奧地利、法國和德國的移民來到這個地方建起了這個小城。

二〇〇二年的復活節，離「九一一」事件不到半年，恐怖分子的攻擊留下的創痛還沒有平復，炭疽熱和生化武器的威脅依然存在。大規模的遊園活動卻照常舉行了。家長帶著孩子們參加市政府舉辦的「尋彩蛋」活動，各種膚色的孩子們，他們有著不同的文化背景、不同的宗教信仰，這會兒他們快快樂樂地聚在一起，提著五彩繽紛的小籃子，在碧綠的草地上尋找藏了玩具和糖果的彩蛋。歡笑聲像波浪般起伏著。大家都知道，對抗創痛最為有力的武器就是一個團結而互信的社會。復活節活動展現的就是團結與互信。

二〇〇三年的復活節，整個世界的形勢更加險峻。

「還伊拉克以自由」的戰爭尚未止息，電視屏幕上、報紙上、廣播裡，巴格達市中心和伊拉克各地的戰況進展，以及戰後重建的嚴峻議題，仍然是最重要的新聞之一。很多美國家庭的成員在中東前線，甚至一些家庭已經得到親人陣亡的噩耗。城市裡、鄉村裡飄拂的黃絲帶牽動著每一個人的心。

從中國大陸開始蔓延的SARS病毒已經從亞洲侵入北美洲，雖然在美國並沒有發現無法治癒的病例，但是對於這種病毒的無知卻造成了嚴重的恐慌。當人們不知道病毒從哪裡來也不知道哪些防治方法真正有效的時候，恐慌是很自然的事。首先受到巨大衝擊的是航空業和旅遊業。為了避免不必要的犧牲，美國政府不但建議國民取消旅行計畫，短期內不要前往中國大陸、香港、新加坡等等疫情嚴重的地區，甚至將可以撤回的外交官及其眷屬暫時撤回美國，只留維持日常運作必須的人員駐守使館和領事館。在這種情形下，美國一些航空公司不得不減少飛往亞洲的班次，甚至不得不決定在四月到六月的兩個月中停飛香港。

就在政治的、經濟的嚴重不安當中，飄揚著無數國旗、黃絲帶，懸掛著無數彩蛋，遍地鮮花的維也納小鎮迎來了又一個復活節。

在孩子們的歡笑聲中，成人們親切地交談，互道節日的問候，交換著會心的微笑。大家有一個共同的心意，不安一定會消失，一個互信的社會必然能夠抵抗危機，撫平創傷，迅速重建繁榮與安定。

家有少年(代跋)

當《國語日報》少年文藝版主編湯芝萱要我為一個叫作「方向」的專欄寫稿的時候，我馬上想到美國兒童最喜愛的電視節目主持人Mr. Rogers。想到他的不疾不徐、溫文爾雅，也想到他的坦誠、正直。首先以此作為自己書寫的方向。一個月份的三篇文章送出不久，總編輯蔣竹君女士提出開闢新專欄，題目最後由湯芝萱敲定。五十二扇窗戶於焉開啟，每個星期五和臺灣的少年讀者以及他們的家長見面。

這些文字來自美國社會最為真實的生活。兩個復活節之間發生了許多事情，甚至爆發了一場戰爭。孩子們是不是必須面對這些問題，他們能不能從這些書寫中獲得啟發，從而成長呢？答案是肯定的。相信，陪同少年讀者一起閱讀的家長們也會感覺到文字背後的情感與力量。進一步講，每一位關心社會進步的讀者朋友從這些源於生活的親切文字裡，都會找到自己關心的課題。

身為母親，我十二分關注兒子安捷的成長。他和他的朋友們的閱讀、思考，他們共同參與的各種活動，他們對社會、人生的看法，化成了一則又一則小故事，成為「窗外」風景的重要內容。在安捷的性格裡，懂得感謝是一個要緊的素質。他感謝家庭的安寧、感謝友情的真摯、感謝教育提供的機會、感謝社會的祥和、感謝他曾經住過的國家和地區，包括臺灣，給他留下的全部美好。在他成長的過程裡，他學習珍惜，他逐漸懂得，捍衛所有的美好，使它們持之久遠，是他的責任。強烈的責任心使他成熟、使他勇敢。

家有少年，使我有機會親身感受到許多極為有趣的題目，這些題目變成開啟的晴窗，窗外風景多變，但都是未經扭曲的真實世界。

安捷即將結束少年時代進入大學，「開一扇窗」專欄也在此時結集，以一個多彩多姿的整體面目呈現在讀者面前。

也許，這塊來自地球村的「他山之石」會激起美麗的漣漪。

我們期待著。

好書推介

與書同在　　韓　秀

臺灣一年有多少本書面世呢？四──○○○○以上，沒錯！四個零。面對書山書海，是否有不知如何選書的困擾？與書生活在一起的韓秀，將帶領您超越藩籬，進入書的世界裡。

風　景　　韓　秀

以雅典為起點，發足飛奔。不同的文化氛圍令風景更為壯麗，人類共通的情感激盪出奇瑰的篇章，共同譜成這部令人不忍釋手的絕妙《風景》。

情書外一章　　韓　秀

情與愛是人類謳歌不盡的永恆主題。本書收錄的文字，投影的世界相當廣闊，由星條旗下寫到大洋此岸；由親情、友情寫到故園、故國，動人的心情故事，展現了作者豐富的心靈世界。

重疊的足跡　韓秀

對文學，對那塊廣袤的土地，對那些親如手足的人一份真摯的愛，所以有了理解，有了同情，有了尊敬。作者以親身經驗寫她和十多位作家的交往，為當代中國文學添加幾頁註腳。

親戚　韓秀

跨越臺灣海峽、跨越太平洋的六篇小說，謳歌人類對真摯、純潔的愛情和友情的追求，及對太平歲月的嚮往。對於瀰漫於現代工商社會的冷漠與自私，小說的鞭笞震撼人心。

一個人的城市　黃中俊

這是一本「一個人」的書，也是一本寫「城市」的書，以一個女性的生活與心靈之旅為背景，展示了北京、上海、深圳三個重要城市的文化風景，也展示了世紀之交中國社會轉型時期的世態沉浮和文化變遷。

南十字星下的月色　張至璋

南十字星有五顆，只在南半球看得到，跟北極星一樣指引著航海人尋找回家的方向。張至璋藉著在南十字星下發生的故事，反映出若干海外移民現象。「香格里拉」究竟是在南十字星的星空下？還是在我們的心中？

國家圖書館出版品預行編目資料

玫瑰剛露尖尖角／韓秀著.－－初版一刷.－－臺北市；三民，2003
面；　公分－－(三民叢刊270)
ISBN 957-14-3923-1　(平裝)

855　　92017052

網路書店位址　http://www.sanmin.com.tw

© 玫瑰剛露尖尖角

著作人　韓　秀
發行人　劉振強
著作財產權人　三民書局股份有限公司
臺北市復興北路386號
發行所　三民書局股份有限公司
地址／臺北市復興北路386號
電話／(02)25006600
郵撥／0009998-5
印刷所　三民書局股份有限公司
門市部　復北店／臺北市復興北路386號
重南店／臺北市重慶南路一段61號
初版一刷　2003年10月
編　號　S 811140
基本定價　參　元
行政院新聞局登記證局版臺業字第○二○○號

ISBN　957-14-3923-1　(平裝)

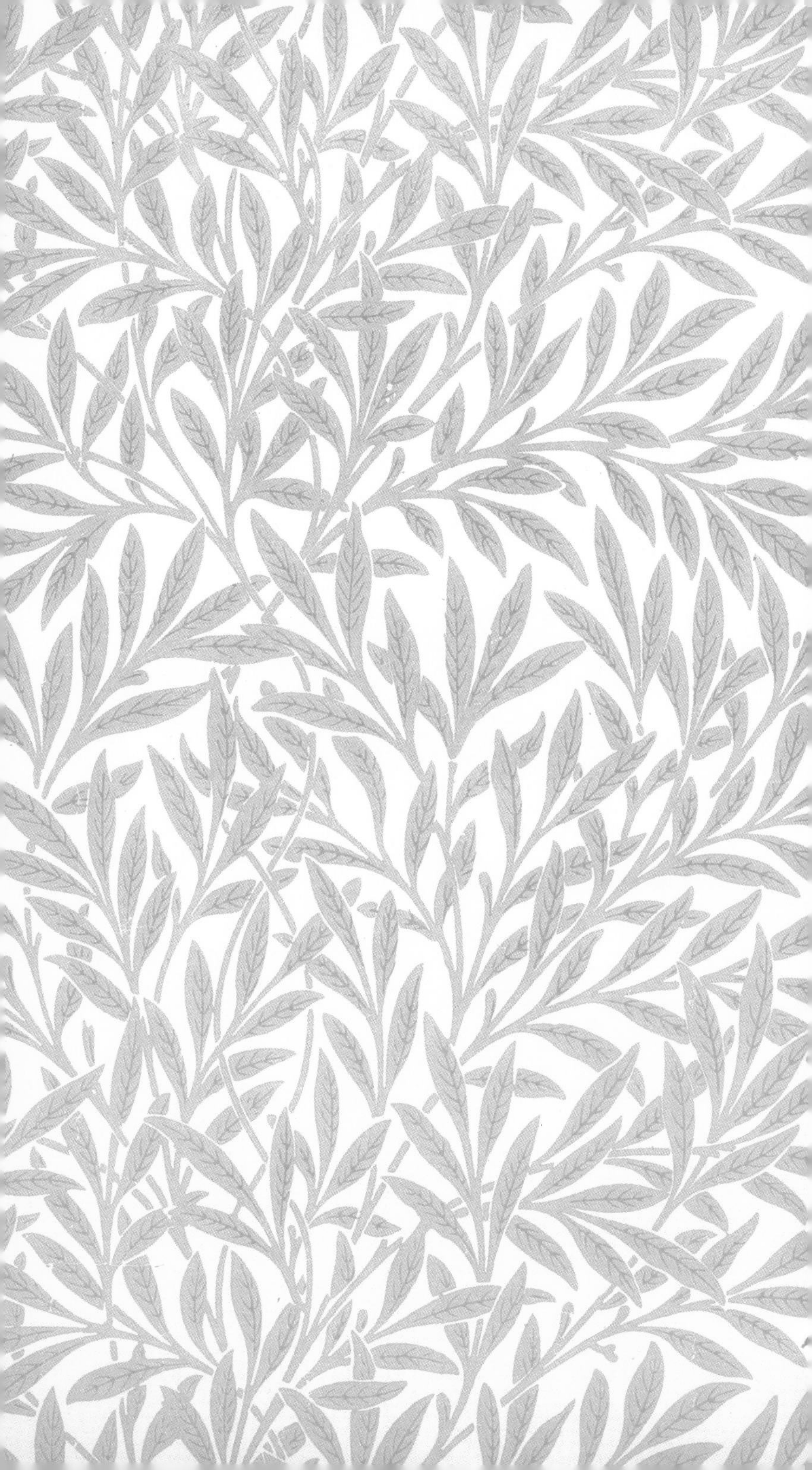